KB131689

하늘의 푸른빛

Le Bleu du ciel
by Georges Bataille

First published in France Le Bleu du ciel 1957

이 책은 《Le Bleu du ciel》, 10/18, 1957. 을 번역 저본으로 삼고, 영어판 《Blue of Noon》, Marion Boyars, 1995. 를 참고했습니다.

하늘의 푸른빛

LE BLEU DU CIEL

I

조르주 바타유_이재형 옮김

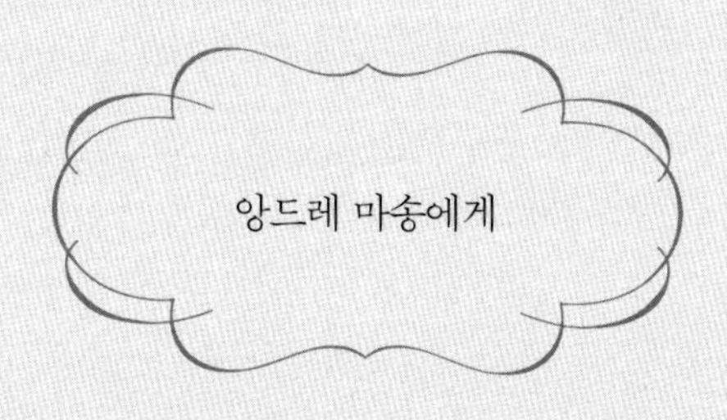

앙드레 마송에게

LE BLEU DU CIEL

차례

LE BLEU DU CIEL

우스꽝스러워지지 않고는 깜짝 놀랄 일을 이룰 수 없다.
전복해야만 한다. 그것이 전부이다. _**조르주 바타유**

서문

사람들은 인생의 진리를 발견하기 위해 때로 '이야기'와 '소설'에 매달린다. 최면 상태에서 읽히는 이야기들은 때로 인간에게 운명에 맞서게 하는 힘을 주기도 한다. 그래서 우리는 무엇이 이야기를 구성하는지, 소설을 새롭게 하고 생명력을 지속시키기 위해 어떤 노력을 해야 하는지, 그렇게 하기 위한 올바른 방향은 무엇인지에 대해 연구해야 한다.

사람들은 기존의 고착화되고 포화된 형식을 개선시킬 다양한 테크닉에 집중한다. 그런데 '소설이 무엇이 될 수 있는지' 알고 싶으면서, 왜 토대를 먼저 확인하고 고민하지 않는지 이해되지 않는다. 삶의 가능성을 드러내 보여주는 이야기가 반드시 마음을 끄는 것은 아니다. 그러나 그런 이야기들만이 작가가 (삶에서) 과잉의 가능성이 펼쳐지는 순간을 놓치지 않고 목격할 수 있게 한다. 견딜 수 없는, 참을 수 없는 시련이야말로 관습이 강요하는 편협한 한계에 싫증내는 독자들이 기대하는 탁월한 통찰력을 작가에게 줄 수 있다.

작가가 일상적 관습에 '속박'되지 않았음이 확실한 책을 손에 쥐고 우리가 어찌 지체할 수 있단 말인가?

나는 다음과 같은 원칙을 표명하고 싶다. 원칙의 정당성을 증명하는 일은 포기한다. 이것은 내 뜻을 확증해주는 책의 제목을 열거하는 것으로 충분할 것이다. 폭풍의 언덕, 심판, 잃어버린 시간을 찾아서, 적과 흑, 외제니 드 프랑발, 사형선고, 사라진느, 백치……(무질서한 제목 열거는 내 의도를 보여주는 척도이다).

나는 스스로에 대해 진중하게 표현하고 싶었다.

하지만 분노의 폭발, 고통의 체험만이 이야기에 계시의 능력을 부여한다고 말하려는 건 아니다. 다만 나를 괴롭혔던 심한 고통이 '하늘의 푸른빛'의 기묘한 비정상에 토대를 두고 있었기 때문이다. 그러나 그렇게 빚어낸 이야기의 가치를 확신하지 못했기에, 집필을 끝낸 1935년 당시에는 이 책을 출간하지 않으려고 했다. 하지만 후에 원고를 읽은 친구들이 출간을 권유했고 나는 그들의 판단을 믿어보기로 했다. 어쩌면 나는 이 책의 가치를 잊어버렸는지도 모르기 때문이었다.

1936년부터 이 책에 대해서 더는 생각하지 않기로 결심했다. 그런데 이후 스페인 내전과 세계대전은 이 소설과 연관된 역사적 사건들을 하찮은 것으로 만들어버렸다. 너무 엄청난 비극이 바로 눈앞에서 벌어지고 있는데 그 전조들에 어떻게 주의를 기울일 수 있겠는가?

미세한 전조들은 이 소설이 내게 불러일으키는 불안과 일치했다. 그러나 지금에 와서는 먼 과거의 일이 되어버렸다. 그래서 실제 사건들의 열기 속에서 쓴 내 이야기는 다른 저자들이 임의적으로 선택한 무의미한 과거 속에서 탄생한 다른 이야기들과 똑같아져버렸다. 현재의 나는 이 이야기를 쓰던 그때의 나와 확실히 다르다. 그래서 나는 친구들의 의견과 판단에 전적으로 따르기로 했다.

서장

런던의 음침한 동네 술집, 가장 더러운 자들이 모이는 지하의 이상한 장소에서 디르티는 술에 취해 있었다. 그녀는 머리 끝까지 취했고, 나는 그녀 곁에 있었다(깨진 컵에 다쳐서 생긴 상처 때문에 내 손에는 붕대가 감겨 있었다). 이날 디르티는 화려한 드레스를 입었다(반면에 나는 면도도 말끔하게 하지 않았고 머리도 헝클어져 있었다). 긴 다리를 쭉 뻗은 그녀는 격렬하게 경련을 일으켰다. 매음굴은 눈이 험상궂게 변한 남자들로 가득 차 있었다. 남자들의 그 흐릿한 눈은 불이 금방 꺼진 시가를 연상시켰다. 디르티는 아무것도 신지 않은 다리를 두 손으로 껴안고 있었다. 그녀는 더러운 커튼을 이로 깨물며 신음소리를 냈다. 아름다운 만큼이나 술에 취해 있었다. 그녀는 가스 불빛에 시선을 고정한 채 노기등등한 동그란 눈망울을 굴리고 있었다.

"도대체 무슨 일이야!"

그녀는 소리쳤다. 동시에 자욱한 연기를 일으키며 발사되는 대포처럼 벌떡 일어났다. 화가 머리끝까지 치밀어오르는지 눈물을 펑펑 쏟았다.

"트로프만!"

그녀는 다시 소리치더니, 눈을 점점 크게 뜨면서 나를 바라보았다. 더럽고 긴 손으로 상처입은 내 머리를 어루만졌다. 내 이마는 열 때문에 축축했다. 그녀는 미친 듯 애원하며 토할 것처럼 울었다. 얼마나 흐느껴 울었던지 머리칼이 눈물에 다 젖었다.

이 혐오스러운 통음에 앞서 벌어진 장면은—바닥에 드러누운 두 육체 주변을 쥐들이 어슬렁거렸을지도 모를 일이다—여러모로 도스토옙스키에게나 어울리는 것이었다…….

우리는 취기를 이유 삼아, 이리저리 표류하며 불길한 강박관념에 대한 불길한 반응을 찾아다녔다.

곤드레만드레가 되기 전 우리는 사보이 호텔의 객실에서 만났다. 디르티는 엘리베이터 보이가 못생겼다는 사실에 주목했다(멋진 제복을 입었는데도 그는 꼭 무덤 파는 인부처럼 보였다).

그녀는 멍하게 웃으며 내게 그렇게 말했다. 이미 그녀는 술에 취해 엉뚱한 말들을 늘어놓고 있었다.

"자."

딸꾹질에 몸이 흔들릴 때마다 그녀의 말은 중단되었다.

"내가 어렸을 때…… 생각나는데…… 어머니와 여기 왔어. 이곳에……. 십여 년 전쯤…… 내 나이가 아마 열두어 살쯤 되었을 거야……. 우리 어머니는 영국 여왕처럼 한물간 노파였어……. 엘리베이터에서 나오는데 그 엘리베이터 보이가…… 아까 그 사람이……."

"누구 말이야?…… 아까 그 사람?"

"그래. 오늘 본 사람. 엘리베이터를 제 층에 제대로 멈추지 않아서…… 엘리베이터가 너무 높이 올라간 거야……. 여자는 완전히 뻗어버렸어……. 바닥에 주저앉아버린 거야……. 우리 어머니가……."

웃음을 터뜨린 디르티는 미친 여자처럼 웃더니 웃음을 멈추지 않았다.

겨우 말을 찾은 내가 그녀를 제지했다.

“그만 웃어. 그러다가 하던 이야기도 다 못 마치겠어.”

그녀는 웃음을 멈추더니 소리치기 시작했다.

“오! 오! 난 바보가 돼버렸어……. 난 이제…… 아니야 아니라고, 이야기…… 끝까지 다 할래……. 어머니는 움직이지 않았어……. 치마는 완전히 추어올려져 있었고…… 풍성한 치마가 말이지……. 꼭 죽은 사람처럼…… 꼼짝도 않는 거야……. 사람들이 어머니를 안아 일으키더니 침대에 눕혔어……. 어머니는 토하기 시작했어……. 완전히 취해서는…… 이전까지만 해도 안 그랬는데…… 갑자기 그 여자가…… 불독처럼 보였어……. 겁이 났어……”

부끄럽게도 나는 디르티에게 이렇게 말했다.

“나도 당신 어머니처럼 당신 앞에 드러눕고 싶어.”

“토할 거야?”

디르티가 웃지 않고 물으며 내게 키스했다.

“그럴 것 같아.”

나는 욕실로 갔다. 거울 속 창백한 안색으로 서 있는 나를 오랫동안 바라보았다. 머리칼은 불량스럽게 보일 만큼 지저분하게 헝클어져 있었고, 얼굴은 추한 정도까지는 아니지만 보기 싫게 부어 있었다. 침대에서 방금 빠져나온 남자처럼 역겨운 분위기가 풍겼다.

디르티는 천장에 여러 개의 전등이 달려 밝고 넓은 방에 혼자 남아 있었다. 그녀는 걸음을 멈추면 안 되는 듯 똑바로 앞을 보고 걸어다니는 중이었다. 영락없이 미친 여자였다.

그녀는 외설스러울 정도로 가슴과 어깨를 드러내고 있었다. 황금빛 머리카락은 불빛 아래 견딜 수 없을 만큼 눈부신 섬광을 발했다.

그런데도 그녀는 내게 순수를 불러일으켰다. 그녀에게는, 그녀의 방탕함 속에는, 내가 그녀의 발아래 엎드리고 싶을 정도의 순진함이 존재했다. 그렇게 될까 두려웠다. 그녀는 기진맥진해 쓰러질 것 같았다. 그러고는 힘겹게, 한 마리 짐승처럼 숨을 내쉬기 시작했다. 숨이 막히는 모양이었다. 무언가에 쫓기듯 불길해 보이는 그녀의 시선에 내 머리는 돌 지경이었다. 그녀가 걸음을 멈추었다. 옷 아래 다리를 비틀어 꼬고 있는 듯했다. 이제 헛소리를 할 것이다.

그녀가 하녀를 부르는 벨을 눌렀다.

잠시 후 적갈색 머리에 안색에 생기가 도는, 제법 반반한 얼굴의 젊은 영국 여자가 들어왔다. 호화로운 장소에 어울리지 않는 역한 냄새에 숨 막혀 하는 것 같았다. 더러운 매음굴에서나 맡을 수 있는 냄새였던 것이다. 디르티는 서 있지 못하고 벽에 몸을 기댔다. 끔찍하게 고통스러운 것 같았다. 무어라 형언하기 힘든 그 상황에서 어디서 그런 싸구려 향수를 잔뜩 뿌리고 왔는지, 그녀는 향수 냄새와 병원의 시큼한 악취를 연상시키는 암내를 뒤섞여 풍겼다. 게다가 위스키 냄새에 심지어 트림까지 했다…….

영국 여자는 당황했다.

"이봐요, 당신이야말로 내게 필요한 사람이에요. 먼저 엘리베이터 보이를 찾아와요. 그 사람한테 할 말이 있거든."

디르티가 그녀에게 말했다.

그녀가 문밖으로 나가자, 디르티는 비틀거리며 걸어가 의자에 앉았다. 그러고는 의자 옆 바닥에 병 하나, 잔 하나를 내려놓는 데 겨우 성공했다. 그녀의 눈이 무거워지고 있었다.

그녀가 눈으로 나를 찾았지만 나는 거기 없었다. 그녀는 제정신이 아니었다. 그러더니 절망적인 목소리로 말했다.

"트로프만!"

아무런 대답도 들리지 않았다.

그녀는 몸을 일으켜, 몇 번이나 넘어질 뻔하며 욕실 문까지 가는 데 성공했다. 내가 창백하고 해쓱한 얼굴로 욕실 의자에 앉아 있는 걸 본 것이다. 나는 착란 상태에서 오른손 상처 부위를 다시 쨌다. 수건으로 감아 피를 멈추게 하려고 했으나 피는 빠른 속도로 바닥에 떨어지고 있었다. 디르티는 짐승 같은 눈으로 나를 주시했다. 나는 얼굴을 닦았다. 이마와 코가 피투성이가 되었다. 전등 불빛이 앞이 보이지 않을 정도로 눈부셨다. 견딜 수가 없었다. 그 빛으로 눈이 피로했다.

문을 두드리는 소리가 나더니, 하녀가 엘리베이터 보이를 데려왔다.

디르티는 의자 위에 쓰러지듯 주저앉았다. 꽤나 길게 느껴지는 시간이 흐른 뒤, 그녀가 머리를 숙인 채 멍한 눈으로 엘리베이터 보이에게 물었다.

"1924년에 여기 있었지요?

그는 그렇다고 했다.

"묻고 싶은 게 있어요……. 키가 큰 할머니 말이에요……. 엘리베이터에서 나오다가 쓰러진 할머니인데 바닥에다 토했어요……. 생각나요?"

디르티는 다 죽어가는 사람처럼 멍한 눈으로 말했다.

두 남녀는 이 상황을 거북해하며 서로를 힐끔힐끔 곁눈질하면서 작은 소리로 물었다.

"생각납니다, 맞아요."

엘리베이터 보이가 대답했다(그 사십대 남자는 꼭 무덤 파는 부랑자처럼 생겼지만, 얼굴이 어찌나 번들거리는지 마치 기름에 절인 것 같았다).

"위스키 한잔 마실래요?"

디르티가 물었다.

아무도 대답하지 않았고, 둘은 괴로운 표정으로 공손하게 서서 기다릴 뿐이었다.

디르티는 핸드백을 가져오라고 했다. 한참을 헛손질하다가 핸드백에 겨우 한 손을 집어넣고는 뭔가를 찾다가 휙 꺼내든 것은 지폐 뭉치였다. 그녀는 지폐 뭉치를 바닥에 던지며 말했다.

"나눠가져요……."

무덤 파는 인부 같은 사내가 돈뭉치를 주워들고는 큰 소리로 셌다. 스무 장이었다. 그는 그중 열 장을 하녀에게 내밀었다.

"저희, 이제 물러가도 되겠습니까?"

그가 잠시 머뭇거리다가 물었다.

"안 돼요, 아직은 안 돼요. 제발 부탁이니 앉아요."

그녀는 숨이 막히는 듯 피가 얼굴로 쏠려 있었다. 두 남녀는 여전히 공손하게 서 있었지만, 사실 깜짝 놀랄 만큼 많은 팁 때문에, 그리고 거짓말 같기도 하고 이해가 되지 않는 이 상황 때문에 잔뜩 상기된 얼굴로 불안해하고 있었다.

디르티는 아무 말 없이 의자에 앉아 있었다. 오랜 시간이 흘렀다. 심장 뛰는 소리까지 들릴 것 같았다. 나는 피로 물든 창백하고 병든 얼굴로 문까지 걸어갔다. 구토를 할 것처럼 딸꾹질을 했다. 겁에 질린 두 남녀는 의자에 앉은 아름다운 여인의 다리를 따라 가느다란 물줄기가 흘러 의자를 타고 내리는 것을 보았다. 오줌이 작은 웅덩이를 이루며 카펫 위에서 점점 불이 나는 동안, 의자에 실성한 듯 벌건 얼굴로 찌푸리고 앉아 있는 여인의 옷 아래에서, 목에 칼을 받기 직전의 돼지가 내는 듯한 소리가 묵직하게 들려왔다…….

지켜보던 여자는 역겨운 듯 몸을 부들부들 떨며 만족해하는 디르티를 씻겼다. 디르티는 여자가 자신의 몸에 비누칠하는 것을 내버려두었다. 엘리베이터 보이는 냄새가 완전히 다 빠질 때까지 방을 환기시켰다.

그러고 나서 그는 내게 다가와 상처에 붕대를 감으며 지혈했다.

다시 모든 것이 정상으로 돌아왔다. 여자는 디르티에게 속옷을 제대로 챙겨 갈아입혔다. 목욕을 하고 향수를 뿌려서 그 어느 때보다 아름다워진 디르티는 계속해서 술을 마시며 침대에 드러누워 있었다. 그녀는 엘리베이터 보이에게 앉으라고 했다. 그는 그녀 옆의 안락의자에 앉았다. 그 순간 취기 때문에 어린 아이처럼, 어린 소녀처럼 디르티의 몸가짐이 흐트러졌다.

비록 아무 말 하지 않고 있었지만 그녀는 단정치 못해 보였다.

그녀는 때로 혼자 웃었다.

마침내 그녀는 엘리베이터 보이에게 말했다.

"이야기해줘요. 사보이 호텔에서 일한 뒤로 당신은 끔찍한 일들을 많이 봤을 거 아네요."

"아, 그 정도는 아닙니다."

위스키를 어느 정도 마신 그가 대답했다. 술기운 덕분에 용기가 생긴 듯 편한 표정이었다.

"여기 오시는 손님들은 대체로 무척 점잖으시거든요."

"아, 점잖다는 건 일종의 존재 방식이죠. 그래요, 그래서 고인이 되신 우리 어머니는 바닥에다 아가리를 벌린 채 당신 소매에다 토했던 거예요……."

디르티는 아무런 대답이 없자 귀에 거슬리는 공허한 웃음을 터뜨렸다.

그녀는 말을 이었다.

"그런데 당신은 그들이 왜 점잖은지 알아요? 무서워하는 거예요, 알아요? 그들은 부들부들 떨면서 감히 뭘 보여줄 생각을 못 하는 거라고요. 내가 이렇게 느끼는 건 나 역시 무서워하기 때문이죠. 그렇고말고요. 이봐요, 당신도 알겠지만…… 난 당신이 무서워요. 정말 끔찍하게 무섭다고요……."

"부인, 물 드시겠어요?"

여자가 조심스레 물었다.

"빌어먹을!"

디르티가 혀를 내밀어 보이며 거칠게 대답했다.

"난 환자예요, 알겠어요? 머리가 너무 아프다고요."

그러고 나서 계속해서 말했다.

"그까짓 건 아무래도 좋지만 난 역겹단 말예요, 알겠어요?"

나는 손짓으로 그녀의 말을 가로막았다.

그녀에게 위스키를 한 모금 더 권하고 나서 엘리베이터 보이에게 말했다.

"솔직히 마음대로만 할 수 있다면 당신은 이 여자 목을 조르고 싶겠지요?"

디르티가 끼어들며 날카롭게 소리쳤다.

"맞아요. 저 거대한 다리, 고릴라 다리 같은 저 거대한 다리를 봐요. 불알만큼이나 털이 많아요."

"하지만 아시다시피 전 부인이 시키는 대로 합니다."

공포에 사로잡힌 엘리베이터 보이가 항의하듯 말하면서 몸을 일으켰다.

"아니야, 이 바보야. 난 네 불알이 필요 없다고, 알겠어? 난 토할 것 같아."

그녀가 트림을 하며 낄낄대고 웃었다.

여자가 달려가더니 대야를 가져왔다. 그녀는 완벽하게 성실한 노예 그 자체로 보였다. 나는 얼굴이 파랗게 질린 채 무기력하게 앉아서 계속 술을 마셨다.

"그리고 거기 당신, 성실한 처녀."

디르티가 이번에는 하녀에게 말을 걸었다.

"당신, 수음도 하고 살림살이를 장만하겠다며 가게 진열장의 찻주전자를 구경하기도 하겠지? 만약 내 엉덩이가 당신 것처럼 생겼다면 난 그걸 사람들에게 보여줄 거야. 그렇지 않으면 언젠가 죽고 싶을 정도로 부끄러워하며 자기 몸을 긁어대면서 구멍을 찾을 거라고."

"그 여자 얼굴에 물을 좀 뿌려요……. 잔뜩 흥분했잖아요."

나는 덜컥 겁이 나서 하녀에게 말했다.

하녀는 내 말을 듣자마자 분주히 움직였다. 그녀는 디르티의 이마 위에 젖은 수건을 올렸다.

디르티는 간신히 창문까지 갔다. 그녀는 템스 강을, 그리고 어둠 때문에 더 크게 보이는 흉측한 런던의 건물들을 내려다보았다. 그녀는 창밖으로 토했다. 속이 편해진 그녀가 날 불렀다. 나는 창밖으로 보이는 더러운 하수구, 강 그리고 독dock을 응시하며 그녀를 붙들었다. 호텔 주변에는 조명으로 장식된 호화로운 건물들이 위용을 자랑하며 모습을 드러내고 있었다.

나는 불안에 휩싸여 어찌할 바를 모른 채 거의 울 것 같은 얼굴로 런던을 내려다보고 있었다. 신선한 밤공기를 들이마시는 동안, 어린 시절의 추억들, 함께 전화놀이나 디아볼로게임*을 하며 놀았던 소녀들의 기억이 엘리베이터 보이의 고릴라 같은 손의 환상과 겹쳤다. 지금 벌어지는 일들이 하찮고 우스꽝스럽게 느껴졌다. 나 자신은 텅 비어 있었다. 새로운 공포로 그 공백을 채워야겠다는 생각은 할 수 없었다. 자신이 무기력하고 비열하게 느껴졌다. 폐색閉塞과 무감동의 상태에서 나는 디르티를 따라갔다. 아니, 디르티가 나를 데려갔다. 그처럼 심하게 흔들리며 표류하듯 떠다니는 인간은 아마 나 말고 없을 것이다.

오직 육체의 긴장을 한순간도 풀지 못하게 하는 불안만이 우

* 공중 팽이 놀이.

리의 놀라운 능력을 설명해줄 수 있을 것이다. 우리는 원하는 곳에서, 음침한 술집뿐만 아니라 사보이 호텔의 객실에서도 장소와 공간을 무시한 채 욕망을 채웠다.

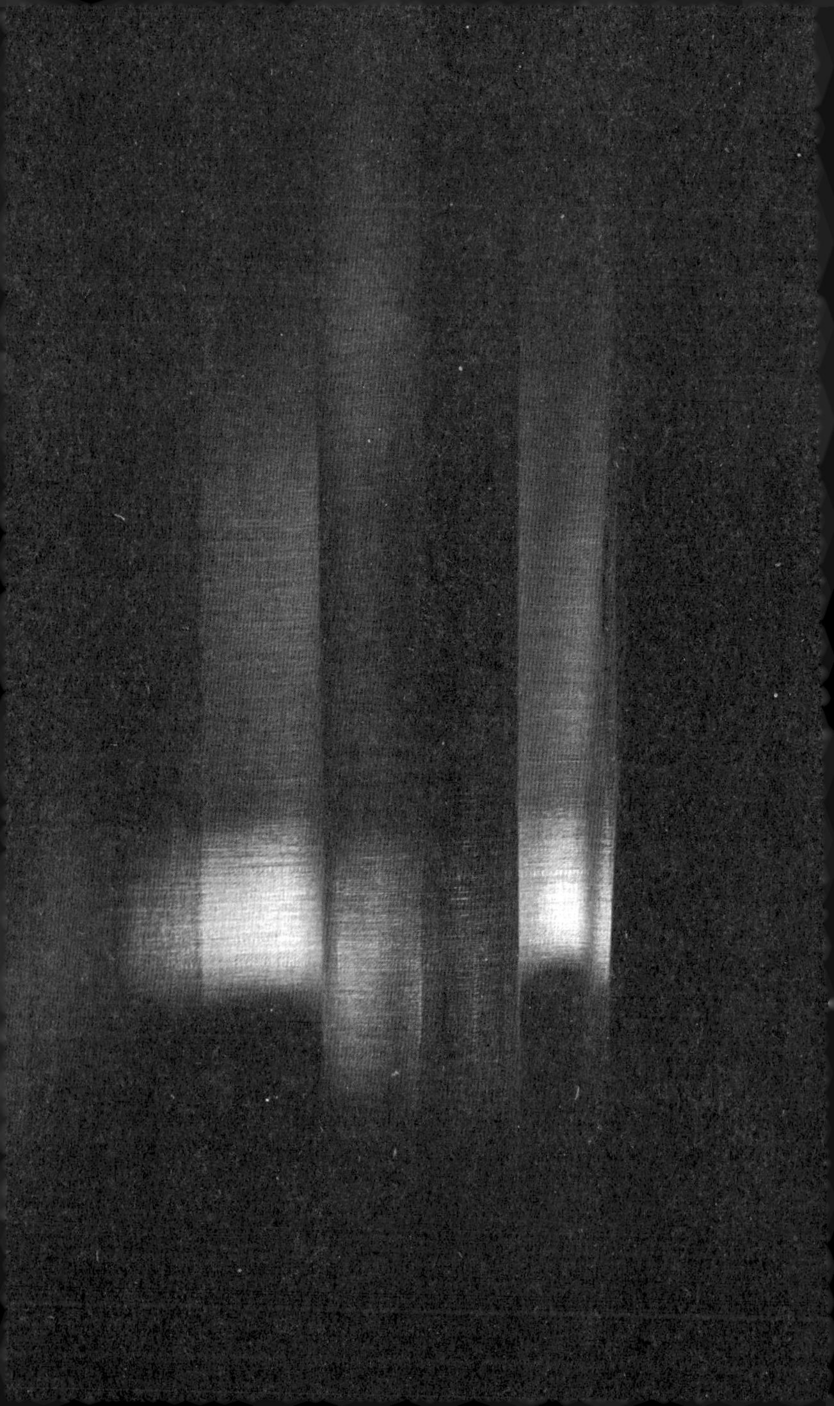

1부

나는 안다.

나는 수치스러운 상황에서 죽을 것이다.

그리고 오늘 나는, 나와 결합되어 있는 유일한 존재에게 내가 공포와 혐오의 대상임을 즐기고 있다.

내 바람? 절대 그런 일이 일어날 리 없다고 코웃음치는 인간들에게 최악의 일이 벌어지는 것.

'내'가 존재하는 텅 빈 머리는 겁에 질리고 탐욕스러워져서 오직 죽음만이 그것을 만족시킬 수 있으리라.

며칠 전 나는(악몽 속에서가 아니라 실제로) 비극의 무대장치와 흡사한 도시에 도착했다. 어느 저녁—이 말을 하는 건 더 공허하게 웃기 위해서이다.— 술에 취하지 않은 상태에서(꿈속이 아닌 현실에서) 뱅뱅 돌며 춤을 추고 있는 두 동성애자 노인을 바라보고 있었다. 훈장 작위를 받은 기사가 한밤에 내 방으로 들어왔다. 그날 오후 나는 그의 묘지 앞을 지났고, 자만에 차 빈정거리듯 그를 초대했다. 그의 느닷없는 출현은 나를 공포에 빠뜨렸다.

그를 마주하고서 나는 떨기 시작했다. 그 앞에서 나는 그저 표류물일 뿐이었다.

내 옆에는 또 다른 희생자가 있었다. 희생자의 입술이 불러일으키는 극도의 불쾌감은 어느 죽은 여자의 입술을 떠오르게 했다. 입술 사이로는 피보다 더 소름 끼치는 침이 흐르고 있었다. 그날부터 나는 아무리 부인해도 감히 저항할 수 없는 고독에 빠졌다. 하지만 고함 한 번이면 그를 다시 불러들일 수 있을 것이다. 또한 내가 어떤 맹목적인 분노를 신뢰한다면 이번에는 내가 아닌 그 노인의 시체가 사라질 것이다.

끔찍한 고통에서 시작되어 음험하게 지속되는 오만함은, 처음에는 천천히 그러다가 별안간 폭발하며 이성을 거스르는 행복으로 나를 눈멀게 하고 변모시키며, 다시 자라기 시작한다.

그 행복은 나를 순식간에 열광시키고 도취시킨다.

나는 목이 터져라 외치고 노래한다.

바보 같은 내 마음속에서 백치가 큰 소리로 노래한다.

'내가 이겼다!'

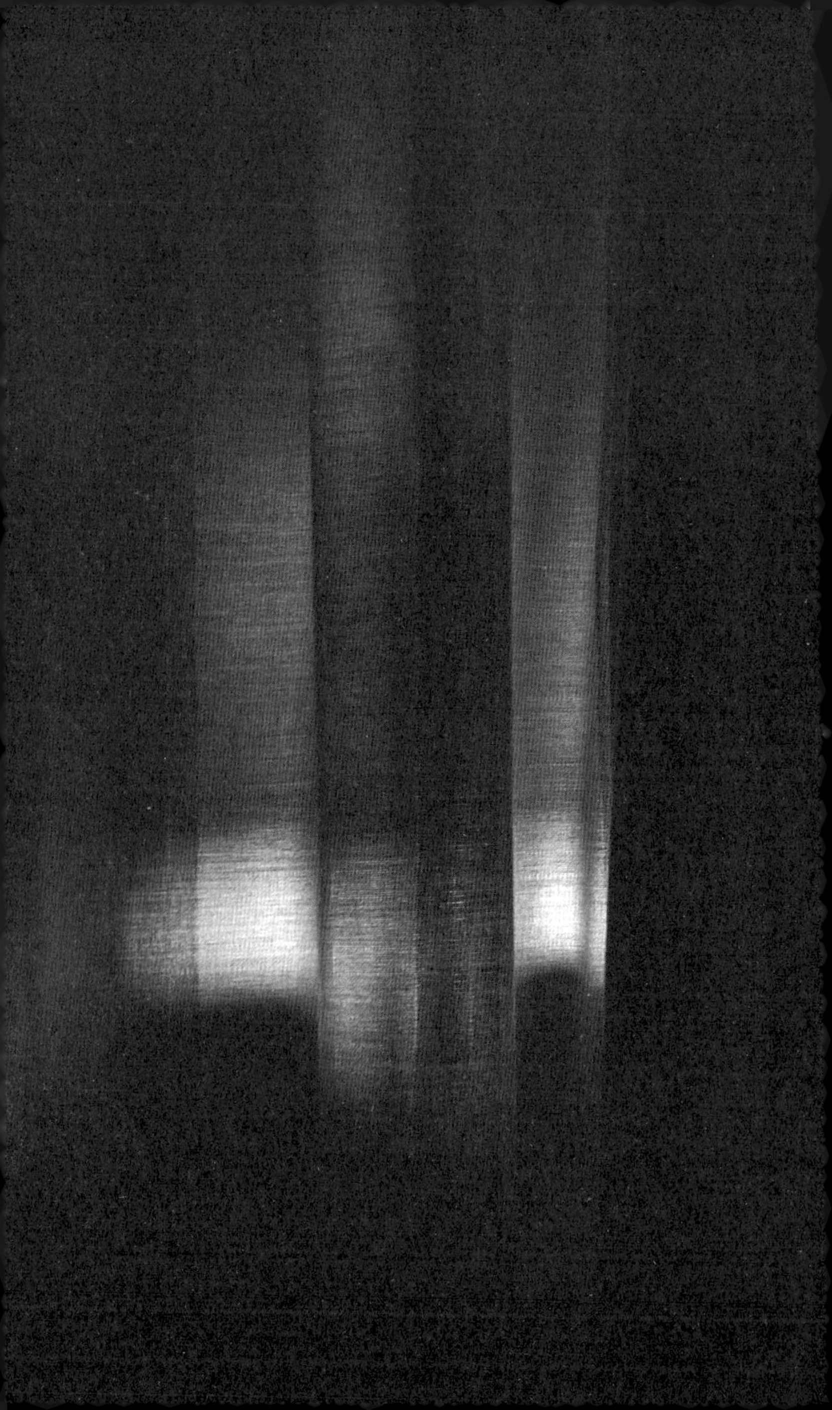

2부

1장
흉조

1

내가 가장 불행했을 때 나는 한 여인을 우스꽝스러운 용모에 이끌려 자주 만났다. 뭐라 설명하기 어려운, 성적 매력과는 무관한 이유였다. 마치 내 운명에 예견된 한 마리 흉조凶鳥처럼 말이다. 5월 런던에서 돌아온 나는 방황하고 있었다. 극도의 흥분 속에 병이 났지만, 그 이상한 처녀는 아무것도 눈치채지 못했다. 6월 나는 파리를 떠나 독일 프륌에서 디르티를 다시 만났다. 그리고 디르티는 격분하여 나와 헤어졌다. 다시 돌아왔을 때 나는 평범하고 정상적인 생활을 할 수 없었다. 나는 자주 그 '흉조'를 만났다. 하지만 그녀와 함께 있으면 때때로 흥분해서 발작을 일으켰다.

그 점을 걱정스러워하던 그녀가 어느 날 내게 무슨 일이 있는지 물었다. 그러고는 머지않아 내가 언제고 미쳐버릴지도 모른다는 생각이 든다고 했다.

나는 화가 났다.

"절대 아무 일도 없었어요."

그녀가 캐물었다.

"당신이 말하고 싶어하지 않는다는 걸 알아요. 이젠 내가 당신 곁을 떠나는 게 좋을 것 같군요. 당신은 지금 냉정한 상태가 아니기 때문에 당신의 행동에 대해 차분히 생각할 수 없을 거예요……. 그런데 당신에게 꼭 하고 싶은 말이 있어요. 나 역시 불안해지기 시작했어요……. 당신, 어떻게 할 거예요?"

나는 무기력하게 그녀의 눈을 바라보았다. 내 표정이 강박관념에서 벗어나려고 하지만 그럴 수 없는 사람처럼 정신나가 보였던 것 같다. 그녀는 고개를 돌렸다.

내가 이어 말했다.

"내가 술을 마셨다고 생각하겠죠?"

"아니요, 왜죠? 그럴 때도 있나요?"

“자주.”

“몰랐어요(그녀는 나를 완벽하게 진중한 남자로 생각했고, 그녀에게 음주벽이란 그 진중함과는 양립할 수 없는 것이었다). 그냥…… 당신은 지칠 대로 지쳐 있는 것 같아요.”

“그 행동들에 대해 다시 이야기하는 게 좋겠군요.”

“당신은 너무 피곤한 상태예요. 앉아 있는데도 금방 쓰러질 것 같아요…….”

“그럴지도 모르죠.”

“도대체 무슨 일이에요?”

“난 미쳐버릴지도 몰라요.”

“도대체 왜죠?”

“아파요.”

“내가 도울 수 있는 게 있나요?”

“전혀, 아무것도 없어요.”

“무슨 일인지 내게 이야기해줄 수 없어요?”

“그럴 수 없을 것 같아요.”

“부인께 전보를 쳐서 돌아오라고 하지그래요. 꼭 브라이튼에 있어야 하는 건 아니죠?”

"아니, 사실 그 사람한테 편지가 왔어요. 그 사람은 여기 오지 않는 게 더 나아요."

"부인이 당신의 상태는 알고요?"

"자기가 있어봐야 달라질 게 아무것도 없다는 것도 알고 있죠."

그녀는 어찌할 바를 몰랐다. 그녀는 내 소심함을 견딜 수 없었지만, 우선 당장은 나를 도와야 한다고 생각했음에 틀림없었다. 마침내 그녀는 뭔가 결심한 듯 퉁명스러운 어조로 내게 말했다.

"당신을 이렇게 그냥 내버려둘 수는 없어요. 댁에 바래다드릴게요……. 아니면 친구 집이나…… 당신이 원하는 곳으로……."

나는 대답하지 않았다. 순간 나는 머릿속이 몽롱해지기 시작했다. 진저리가 났다.

그녀는 나를 집까지 데려다주었다. 나는 더는 한 마디도 하지 않았다.

2

나는 대체로 그녀를 증권거래소 뒤편에 위치한 식당을 겸한 바에서 만나 식사를 같이했다. 하지만 매번 식사를 다 끝내지 못했다. 말다툼을 하느라 시간을 다 흘려보낸 것이다. 그녀는 못생기고 눈에 띄게 지저분한 스물다섯 살의 처녀였다(이전까지 내가 함께 다니던 여자들은 잘 차려입고 예뻤다). '라자르'라는 그녀의 성은 죽음을 연상시켰다. 그녀는 이상하고 아주 우스꽝스럽기까지 했다. 왜 내가 그녀에게 관심을 갖게 되었는지 그 이유를 설명하는 건 어려운 일이다. 정신이 이상해져서 그랬던 것 같다. 어쨌든 내가 증권거래소에서 만나는 친구들은 그렇게 추측했다.

그녀는 당시 몹시 낙심하고 있던 나를 구해준 유일한 존재였다. 그녀가 바의 출입문을 지나자마자 — 행운과 부의 장소인 그곳의 입구에 나타난 그녀의 뼈를 발라낸 듯한 검은 실루엣은 돌연한 불행의 출현이었다 — 나는 일어나 그녀를 내 테이블로 데려왔다. 그녀는 너덜너덜하고 얼룩진 옷을 입고 있었다. 앞을 보지 못하는 듯 지나가면서 테이블에 여러 번 부딪혔다.

모자를 쓰지 않은 그녀의 짧고 뻣뻣하고 빗질이 안 된 머리칼은 얼굴 양쪽으로 까마귀 날개처럼 달라붙어 있었다. 이 두 날개 사이로는 가늘고 길며 누르스름한 유대인의 코가 금속제 안경 아래로 삐져나와 있었다.

그녀와 함께 있으면 왠지 편하지 않았다. 그녀는 만사에 무관심한 사람처럼 조용하고 느릿느릿하게 말했다. 질병이라든가 피로, 궁핍 혹은 죽음에 대해 중요하게 생각하지 않았다. 되려 다른 사람들이 극도로 냉정하고 무관심하다고 생각했다. 환상적인 사고 능력을 가졌고, 아주 명석하여 매력적이었다.

나는 그녀가 중요하게 생각하는 어느 소규모 월간지의 제작비를 대주었다. 그 월간지에서 그녀는 모스크바 공산주의와는 상당히 다른 공산주의의 원칙들을 옹호했다. 나는 그녀가 정말 미쳤고, 그녀를 그렇게 내버려두는 건 결국 악의적으로 그녀를 해하는 것이라 생각했다. 내가 그녀를 만난 것은, 그녀의 심적 동요가 내 사생활만큼이나 균형을 잃고 아무런 결실을 맺지 못할 뿐 아니라 불안해 보였기 때문이 아니었나 싶다. 내 가장 큰 관심은 혜택받지 못한 사람들의 이익을 위해 자신의 삶과 피까지 바칠 것 같은 그녀의 병적 열망이었다. 나는 심사숙고했다.

그것은 어쩌면 더러운 처녀의 보잘것없는 피였을지도 모른다.

3

라자르가 나를 바래다주었다. 그녀는 집 안으로 들어왔다. 나는 그녀에게 아내의 편지를 읽을 테니 잠시 기다려달라고 부탁했다. 여덟 장 혹은 열 장쯤 되는 편지였다. 아내는 더는 견딜 수 없다고 했다. 모든 것이 내 잘못인데도 아내는 나를 잃는 것에 대해 자신을 책망했다.

편지를 읽자 가슴이 아팠다. 울지 않으려고 애썼지만 그럴 수 없었다. 화장실로 가 혼자 울었다. 눈물이 멈추지 않았다. 화장실에서 나오면서도 흐르는 눈물을 닦아야 했다.

나는 라자르에게 젖은 손수건을 보여주며 말했다.

"처량하군."

"부인에게 좋지 않은 소식이 왔나요?"

"아니, 신경 쓸 것 없어요. 지금 나 자신을 어쩔 줄 모르겠는데 특별한 이유가 있는 건 아니에요."

"나쁜 소식은 없었다면서요?"

"아내가 꿈 이야기를 했는데……."

"어떤 꿈인데요?"

"그건 중요하지 않아요. 읽고 싶으면 읽어도 좋아요. 하지만 당신은 이해하기 힘들 거예요."

나는 에디트가 보낸 편지 중 한 장을 그녀에게 건넸다(라자르가 이해할 거라고는 생각하지 않았다. 그저 놀라겠지). 내가 과대망상증 환자일지도 모르지만, 나는 라자르나 혹은 다른 그 누구라도 그 사실을 참아내야 한다고 생각했다.

내가 라자르에게 읽으라고 준 것은 편지 중에서 내 마음을 어지럽혔던 것과는 아무 관련 없는 부분이었다.

에디트는 이렇게 썼다.

"지난밤 끝없이 계속되는 꿈을 꾸었어. 그 꿈이 견딜 수 없을 정도의 중압감으로 날 누르고 있어. 꿈 이야기를 하는 건 혼자만 알고 있기 너무 두려워서야.

우리가 친구들과 함께 있었는데 누군가 당신이 밖에 나가면 살해될 거라고 했어. 정치적인 내용을 출판했다는 이유로 말이야……. 당신 친구들은 대수롭지 않은 일이라고 했어. 당신은 아무 말 안 했지만 얼굴이 새빨개졌지. 당신은 찜찜했지만 친구들에 이끌려 함께 밖으로 나갔어.

한 남자가 당신을 살해하려고 나타났어. 손에 든 램프에 불을 붙이려고 했지. 난 당신 곁에서 걷고 있었는데, 당신을 향한 살의에 대해 내게 알리려던 그 남자가 램프에 불을 붙였어. 순간 램프에서 한 발의 총알이 발사되었고, 그 총알은 날 관통했어.

당신은 어느 처녀와 같이 있었어. 순간 나는 당신이 뭘 원하는지를 깨닫고 당신에게 말했어. '당신은 곧 살해될 테니 살아 있는 동안이라도 그 처녀와 방으로 가 원하는 걸 해.' '나도 그러고 싶어.' 당신은 그렇게 대답하고 그 처녀와 방으로 갔어. 그러자 그 남자가 이제 때가 되었다고 하더군. 다시 램프에 불을 붙였어. 당신을 겨냥한 두 번째 총알이 발사되었지만, 왠지 그 총알도 내가 맞은 것 같았어. 난 끝장이 난 거지. 목에 손을 갖다대보았어. 따뜻했고 피로 끈적거렸어. 끔찍했지……."

나는 편지를 읽고 있는 라자르 옆의 긴 의자에 앉았다. 참으려고 애썼지만 다시 울음이 터졌다. 라자르는 내가 그 꿈 때문에 운다는 걸 알지 못했다. 나는 그녀에게 말했다.

“당신에게 모든 걸 다 설명할 수는 없지만, 어쨌든 난 내가 사랑했던 사람들에게 비겁하게 행동했죠. 아내는 날 위해 자신을 희생했어요. 내가 그녀를 속이는 동안 그녀는 나 대신 미쳐버린 거죠. 당신도 이해할 거예요. 아내의 꿈 이야기를 읽으면서 난 내가 한 짓에 대한 앙갚음으로 누군가 날 죽여줬으면 좋겠다고 생각했어요…….”

그 순간 라자르는 기대 이상의 어떤 것을 본 것처럼 나를 바라보았다. 평상시라면 자신 있는 눈길로 눈 한 번 깜빡이지 않고 모든 것을 주시했을 그녀가 돌연 당황해하는 기색이었다. 갑자기 석상으로 변해버린 듯 한 마디도 하지 않았다. 나는 그녀를 정면으로 응시하고 있었지만, 내 두 눈에서는 나도 모르게 눈물이 흘렀다.

나는 갑작스러운 현기증을 느꼈다. 어린아이처럼 엉엉 울고 싶었다.

“당신에게 하나도 빠짐없이 다 설명해줘야 할 것 같군요.”

나는 눈물을 흘리며 말했다. 눈물이 뺨 위를 지나 입 안으로 흘러들어갔다. 내가 런던에서 디르티와 함께 저질렀던 온갖 추잡한 짓을 최대한 노골적으로 라자르에게 설명했다.

그리고 전에도 갖가지 방법으로 아내를 기만하며 외도를 일삼았고, 디르티에게 홀딱 반해 있었던 탓에 그녀를 잃었다는 걸 알았을 때는 견딜 수 없었다고 털어놓았다.

나는 라자르에게 내 생활을 빠짐없이 다 이야기했다. 그런 처녀(못생겼다는 이유로 금욕적인 엄격함 속에서 우스꽝스럽게 참고 살아갈 수밖에 없는)에게 그런 이야기를 했다는 것이 너무나 경솔한 행동인 것 같아 순간 부끄러웠다.

내 일을 누군가에게 이야기한 적이 한 번도 없었기 때문에, 한 마디 한 마디를 할 때마다 꼭 비열한 행동을 하는 것처럼 창피했다.

4

겉보기에 나는 불행한 사람처럼 후회의 빛을 띠며 말하고 있었지만 그건 거짓이었다. 사실 마음속으로는 라자르처럼 추하게 생긴 처녀들을 비웃고 경멸했다. 그녀에게 설명했다.

"어째서 모든 일이 이렇게 다 틀어졌는지 설명해보죠. 당신 입장에서 보면 절대 이해하기 힘들 거예요 . 난 디르티보다 아름답거나 관능적인 여자는 단 한 번도 본 적이 없어요. 난 그녀만 보면 미칠 듯이 흥분하지만 침대에서는 힘을 못 써요……."

라자르는 내 말을 조금도 이해하지 못하고 조바심을 내기 시작했다. 그녀가 내 말을 가로막았다.

"그녀가 당신을 사랑하는데도 그게 그렇게까지 고통스러운가요?"

내가 웃음을 터뜨리자 라자르는 다시 난처한 표정을 지었다. 내가 이어 말했다.

"당신, 이보다 더 교훈적인 이야기는 없다는 걸 알아야 해요. 서로를 구역질나게 할 수밖에 없는 두 방탕자에 관한 이야기 말이에요. 하지만…… 진지하게 말하는 게 좋겠군요. 당신이 듣고 싶어하지 않을지도 모르니 자세하게 이야기하고 싶지는 않지만, 서로를 이해한다는 게 그렇게까지 어려운 일은 아닐 거예요. 그 여자는 나만큼이나 과잉된 행동과 과잉된 삶에 익숙하기 때문에 시늉만으로는 그 여자를 만족시킬 수가 없었어(나는 들릴락 말락 한 목소리로 말했다. 내가 바보 같았지만 말을 해야 했다. 괴로움—그 괴로움이 아무리 어리석은 것이라 할지라도—에 빠져 있던 나로서는 라자르가 내 옆에 남아 있는 게 나았다. 그녀가 옆에 있었기 때문에 나는 덜 혼란스러웠다).

나는 설명을 계속했다.

"이해하기 어렵지 않을 거예요. 난 땀을 뻘뻘 흘리며 애를 썼어요. 그렇게 쓸데없이 끙끙대다 보면 시간이 다 흘러가버렸어요. 결국 육체적인 기진맥진뿐 아니라 그보다 더 심한 정신적인 피로에 시달렸죠. 그건 나나 그 여자나 똑같았어요. 그녀는 나를 사랑했지만 적대감이 감도는 미소를 슬그머니 지으며 바보처럼 나를 바라보았죠. 그 여자도 내게 욕정을 느꼈고 그건 나도 마찬가지였지만, 우리가 할 수 있는 일이라곤 서로를 구역질나게 하는 것뿐이었어요. 당신도 이해할 거예요. 우린 서로에게 혐오감을 불러일으키게 된 거죠……. 모든 게 불가능했어요. 나는 지쳐버렸고, 그 순간 내 머릿속에 떠오른 건 달리는 기차에 뛰어들어야겠다는 생각뿐이었어요……."

잠시 말을 멈추었다가 다시 이었다.

"남는 건 언제나 시체의 뒷맛뿐이었어요……."

"그게 무슨 말이죠?"

"특히 런던에서…… 프림에서 다시 만났을 때 우리는 그런 일이 다시는 일어나지 않아야 한다는 데 의견을 모았어요……. 당신은 우리가 어느 정도의 비정상 상태에까지 이를 수 있는지 아마 상상할 수 없을 거예요. 난 내가 다른 여자들과는 그렇지 않은데 왜 그 여자한테만은 성적으로 무능해지는지 생각해보았어요. 예를 들어 창녀들은 그냥 무시해버려도 아무 문제가 없었어요. 그런데 오직 디르티 앞에서만은 그녀의 발밑에 몸을 던지고 싶어졌죠. 말로 다 담을 수 없을 정도로 그녀를 존경했는데, 그건 그녀가 구제할 수 없을 만큼 방탕한 여자였기 때문이었어요……. 당신이 이 모든 걸 이해할 거라고는 생각하지 않아요……."

라자르가 내 말을 가로막았다.

"그래요. 방탕함이 그것으로 먹고사는 창녀들을 타락시킨다고 생각하면서, 어떻게 그 방탕함 때문에 그 여자를 고귀하다고 생각할 수 있는지, 난 이해할 수 없어요……."

라자르가 '그 여자'라고 말하면서 풍긴 경멸의 뉘앙스에서 나는 복잡하게 뒤얽힌 무의미를 느꼈다. 그 불쌍한 처녀의 손을 바라보았다. 때가 낀 손톱, 얼핏 시체를 연상시키는 피부색.

틀림없이 그녀가 특정 장소에서 나오면서 손을 씻지 않았으리라는 생각이 뇌리를 스쳤다……. 누구에 대해서도 그런 생각을 해본 적이 없는데 오직 라자르만은 육체적으로 내게 혐오감을 불러일으켰다. 그녀의 얼굴을 똑바로 쳐다보았다. 꼭 누군가 나를 뒤쫓아오는 것 같은 불안감이 엄습했다. 서서히 미쳐가는 듯한 느낌이었다. 까마귀 한 마리가, 흉조 한 마리가, 찌꺼기를 게걸스럽게 먹어대는 새 한 마리가 내 팔에 올라앉아 있는 듯 우스우면서도 불길했다.

내 생각에 그녀는 결국 나를 경멸할 만한 좋은 이유를 찾아낸 것 같았다. 내 손을 보았다. 손은 태양에 검게 그을려 있었고 청결했다. 밝은 색깔의 여름옷도 말쑥했다. 디르티의 손은 눈이 부실 정도로 희었고 손톱은 발그레했다. 왜 다른 여인의 행운에 대한 경멸심으로 가득 찬, 생기다 만 것 같은 이 여자 때문에 내가 당황해야 한단 말인가! 하지만 나는 이미 도를 넘은 비겁한 사람이자, 낙오자였기 때문에 아무 거리낌 없이 그 점을 인정했다.

5

그 질문에 대답했을 때—얼빠진 사람처럼 오랫동안 기다린 후에— 내가 품고 있던 유일한 소망은 그림자처럼 희미한 존재를 이용해 참을 수 없는 고독에서 벗어나는 것뿐이었다. 라자르는 비록 소름 끼치는 겉모습을 하고 있지만 존재의 짙은 그늘을 지니고 있지는 않았다.

"디르티는 내가 감탄할 수밖에 없었던 유일한 존재였어요(어떤 의미에서 나는 거짓말을 한 셈이었다. 그녀가 유일한 존재는 아니었을지 모르지만, 깊은 의미에서 보자면 그것은 사실이었다)……."

덧붙여 말을 이었다.

"디르티가 굉장한 부자라는 사실을 알고 기분이 섬뜩했어요. 그래서 다른 사람 얼굴에 침을 뱉을 수 있었던 거죠. 그녀는 분명히 당신을 경멸했을 거예요. 나 같지 않으니까……."

나는 피로로 녹초가 된 채 미소를 지으려고 노력했다. 내 예상과 달리 라자르는 눈을 떨구지도 않고 내 말을 그냥 흘려보냈다. 그녀는 무관심해진 것이다. 나는 계속 말했다.

"지금 끝까지 다 이야기하는 게 낫겠군요……. 원한다면 전부 다 이야기할게요. 프림에서 나는 문득 내가 시간자屍姦者이기 때문에 디르티에게 무력하다는 생각을 했어요……."

"대체 무슨 이야기를 하는 거예요?"

"전혀 터무니없는 이야기는 아니에요."

"이해가 안 가는군요……."

"당신은 시간자가 무슨 뜻인지 알아요?"

"왜 날 놀리는 거죠?"

나는 짜증이 났다.

"놀리는 게 아니에요."

"그게 무슨 뜻인데요?"

"대단한 건 아니에요."

라자르는 그게 무슨 불순한 애들 장난이라도 된다고 생각했는지 별다른 반응을 보이지 않았다. 그녀는 이렇게 대꾸했다.

"시도해본 적 있어요?"

"아니, 그 정도까지는 아니었어요. 어느 노파가 죽은 아파트에서 하룻밤을 보낸 적은 한 번 있었죠. 다른 사람들처럼 그 할머니도 침대 양쪽에다 초 하나씩 켜놓고 그 사이에 누워 있있는데, 손을 모으지 않고 양쪽 허리에 가지런히 붙이고 있었어요. 그 방에는 밤새 아무도 없었죠. 그때 나는 깨달았어요."

"어떻게요?"

"새벽 3시쯤 잠에서 깼어요. 시체가 있는 방으로 가야 되겠다는 생각을 했죠. 겁이 나서 벌벌 떨면서도 시체 앞에 서 있었어요. 마침내 난 잠옷을 벗었죠."

"도대체 어디까지 시도해본 거예요?"

"난 꼼짝도 하지 않았어요. 정신을 잃을 만큼 극도로 흥분해 있었죠. 나는 그냥 그렇게 쳐다보고만 있었어요."

"아름다운 여자였어요?"

"아니, 완전 쭈그렁망태기였죠."

나는 라자르가 화를 낼 것이라고 생각했지만 그녀는 고해를 듣는 신부처럼 차분했다. 내 말을 중단시키고 이렇게 말했을 뿐이었다.

"그렇다고 해도 당신이 성적으로 불능인 이유는 전혀 설명이 되지 않아요."

"아니에요. 디르티와 함께 살았을 때만 해도 난 내가 성불능이라고 생각했죠. 그런데 내가 매춘부에 대해서 매력을 느끼는 것처럼 시체에 대해서도 똑같은 매력을 느낀다는 걸 깨달았어요. 실제로 창녀들이 몸에 하얀 분을 바르고 두 개의 큰 양초 사이에 누워서 죽은 사람 흉내를 내야만 쾌감을 느끼는 어떤 남자의 이야기를 읽은 적이 있어요. 하지만 중요한 건 그게 아니죠. 내가 디르티에게 우리가 뭘 할 수 있는지 말했더니 그녀는 화를 내더군요……."

"당신을 사랑했다면 디르티는 왜 죽은 사람 흉내를 내지 않았나요? 그녀가 그런 사소한 일에 주저하지 않았을 것 같은데."

나는 라자르가 문제를 직시하고 있다는 데 놀라 그녀를 뚫어지게 바라보았다. 웃고 싶었다.

"주저하지 않았죠. 어쨌든 그녀는 죽은 사람처럼 창백했어요. 특히 프륌에서는 병이 날 뻔했죠. 한번은 신부님을 부르자고 했어요. 내 앞에서 임종을 맞는 시늉을 하면서 종부성사를 받으려고 했지만, 난 그 코미디를 참을 수 없을 것 같았어요. 그건 분명 우스꽝스러웠지만 소름 끼치는 일이었죠. 우리는 더는 견딜 수가 없었어요. 어느 날 밤, 그녀는 옷을 벗고 침대에 누워 있었고 나도 옷을 벗고 그 옆에 서 있었어요. 그녀는 날 자극하려고 시체 이야기를 했죠……. 아무 효과도 없었어요……. 난 침대 가장자리에 걸터앉아 울기 시작했죠. 난 불쌍한 바보라고 말했어요. 침대 가장자리에 무너지듯 주저앉았죠. 그녀의 얼굴이 납빛으로 변했어요. 식은땀을 흘리더군요……. 이도 딱딱 맞부딪혔고 손을 대봤더니 몸이 차갑더군요. 눈은 온통 흰자위로 덮여 있었어요. 보기 끔찍했죠……. 마치 운명이 내 손목을 움켜잡고 비틀어 비명을 지르도록 한 것처럼 나는 부들부들 떨기 시작했어요. 얼마나 무서웠던지 울 수도 없었어요. 입 안은 말라붙었고요. 옷을 입었어요. 그녀를 끌어안고 말을 하려고 했죠. 그녀는 나에 대한 혐오감으로 나를 밀어냈어요. 그녀는 정말 아팠어요…….

그 여자는 바닥에 토를 했어요. 사실 우린 밤새…… 위스키를 마셨거든요.

라자르가 끼어들었다.

"물론 그랬겠죠."

"왜 '물론 그랬겠죠'라고 하는 거죠?"

나는 혐오를 느끼며 라자르를 바라보았다. 말을 계속했다.

"그 일은 그렇게 끝이 났어요. 그날 밤부터 그녀는 내가 자기 몸에 손대는 걸 견딜 수 없어했죠."

"그녀가 당신 곁을 떠났나요?"

"당장은 아니었어요. 우린 며칠 동안 같이 살았으니까. 그녀는 그렇다고 자기가 날 덜 사랑하는 건 아니라고, 오히려 자신과 내가 결합되어 있음을 느낀다고 했어요. 하지만 그녀는 나에 대해 혐오감을, 극복할 수 없는 혐오감을 갖고 있었죠."

"그런 상황에서는 그녀와의 관계가 지속되기를 바랄 수가 없었겠군요."

"뭘 더 바랄 수 있는 형편은 아니었지만, 그녀가 내 곁을 떠날지도 모른다는 생각에 난 제정신이 아니었어요. 그런 지경에까지 이르렀기 때문에 누군가 방에 들어와 우리를 봤다면 방안에 시체가 있다고 생각했을 거예요. 우리는 아무 말 없이 왔다 갔다 하기만 했거든요. 드물긴 하지만 이따금씩 서로를 뚫어지게 쳐다보기도 했어요. 그런 상태가 어떻게 지속될 수 있겠어요?"

"그런데 당신들은 어떻게 헤어졌어요?"

"어느 날 그녀가 떠나야겠다고 하더군요. 어디로 갈 건지는 말하지 않았어요. 배웅해도 되는지 묻자, 그녀는 '될 것 같은데요'라고 대답했어요. 우리는 빈까지 함께 갔어요. 그리고 빈에서 호텔까지 자동차를 타고 갔어요. 차가 멈추자 그녀는 방을 예약하고 로비에서 기다려달라고 했어요. 우체국부터 가야 한다더군요. 내가 가방을 호텔 안으로 들여놓는 동안 그녀는 차에 그대로 앉아 있었죠. 그리고 그녀는 아무 말 없이 떠나버렸어요. 제정신이 아니었던 것 같아요. 이미 오래 전에 빈에 함께 가기로 했었기 때문에, 그녀가 내 편지를 찾을 수 있도록 이미 내 여권을 준 상황이었어요. 게다가 돈도 모두 그녀의 핸드백에 들어 있었고요. 나는 로비에서 세 시간을 기다렸죠. 오후였어요. 그날은 구름도 낮게 깔리고 바람도 세차게 불었지만 어찌나 덥던지 숨이 턱턱 막혔어요. 그녀가 돌아오지 않으리라는 게 분명해지자 나는 죽음이 다가온다고 생각했어요."

나를 뚫어지게 쳐다보던 라자르의 마음이 이번에는 동요되는 것 같았다. 내가 말을 멈추자 그 후 무슨 일이 있었는지 계속 이야기해달라고 말했다. 나는 다시 입을 열었다.

"나는 침대 두 개와 그녀의 짐이 있는 방으로 안내받았어요……. 죽음이 머릿속으로 들어오는 것 같았죠……. 내가 그

방에서 뭘 했는지는 기억나지 않아요……. 어느 순간인가 창문 쪽으로 가 창을 열었어요. 바람이 사나운 소리를 내고 있었고, 천둥과 함께 비바람이 다가오고 있었어요. 바로 내 앞쪽 거리에 꽤 긴 검은 깃발 하나가 보이더군요. 길이가 8미터에서 10미터는 족히 되어 보였고, 거센 바람에 깃대가 반쯤 뽑혀 있었죠. 꼭 날개를 퍼덕이는 것 같더군요. 떨어지지는 않았어요. 지붕 높이쯤에서 요란한 소리를 내며 바람에 펄럭였죠. 깃발은 나선 모양으로 펼쳐졌다 접혔다 했어요. 구름 속으로 철철 흘러내리는 잉크처럼요. 이게 내 이야기와 관계없는 것처럼 들리겠지만, 내게는 잉크 주머니가 내 머릿속에서 터지는 것 같았어요. 바로 그날 내가 죽게 되리라 확신했어요. 내려다보니 아래층에 발코니가 있더군요. 나는 커튼을 올리는 끈을 목에 둘렀어요. 튼튼해 보였거든요. 의자 위로 올라가 끈을 묶고 느낌이 어떤지 알아보려고 했어요. 발로 의자를 쓰러뜨렸을 때 내 마음이 바뀔지 어떨지 모르겠더군요. 하지만 끈을 풀고 의자에서 내려와서는 카펫 위에 맥없이 쓰러졌죠. 눈물이 마를 때까지 울었어요……. 결국 다시 일어섰어요. 머리가 무겁다는 생각이 들었거든요. 터무니없이 냉정하긴 했지만 한편으로는 내가 미쳐간다는 생각도 들었어요. 내 운명과 정면으로 맞서야 한다는 핑계로 다시 일어났죠. 다시 창가로 돌아갔어요. 검은 깃발은 여전히 거기 있었지만, 비가 억수처럼 내리더군요. 어두컴컴한데 번개가 치고 우뢰 같은 천둥소리가 들렸어요……."

라자르는 이 모든 것에 흥미를 잃었는지 이렇게 물었다.

"당신이 말하는 검은 깃발은 어째서 그렇게 걸려 있었죠?"

어쩌면 과대망상증 환자처럼 말했을지도 모른다는 생각에 부끄러웠다. 나는 그녀를 당황시키고 싶어졌다. 나는 웃으며 말했다.

"돈 주앙이 돌아왔을 때 저녁 식탁을 덮고 있던 검은 식탁보 이야기 알아요?"

"그게 당신의 깃발과 무슨 관계가 있나요?"

"식탁보가 검은색이었다는 것만 빼면 아무 관계도 없죠……. 그 깃발은 돌푸스의 죽음을 애도하기 위해 걸려 있던 거였죠."

"당신은 그 사람이 암살됐을 당시 빈에 있었나요?"

"아니, 프륌에 있었어요. 다음 날 빈에 도착했죠."

"현장에 있었으니 틀림없이 당신은 동요했겠군요."

"아니에요(이 어리석고 추한 처녀의 관심은 내게 두려움을 불러일으켰다). 전쟁이 일어났다면 내 머릿속에 있던 것과 똑같았을 거예요."

"당신 머릿속에 들어 있던 무엇과 똑같다는 거죠? 전쟁이 일어났다면 당신이 만족했을 거라는 뜻인가요?"

"물론이죠!"

"전쟁이 혁명으로 이어질 수 있다고 생각하나요?"

"난 전쟁에 대해 말하는 것이지, 전쟁 이후에 일어날 일에 대해 말하는 게 아니에요."

나는 그녀에게 내가 할 수 있는 말 가운데 가장 잔인한 말을 뱉었다.

2장
어머니의 발

1

라자르와의 만남은 뜸해졌다.

내 삶은 더 비뚤어졌다. 여기저기서 술을 마시고 정처 없이 걷다가 택시를 타고 집에 돌아갔다. 그럴 때마다 잃어버린 디르티를 생각하며 흐느껴 울었다. 고통스럽지도 않았고 불안하지도 않았다. 머릿속에서 느껴지는 것은 오직 영원한 유치함과 절대적인 어리석음뿐이었다. 나는 운명에 도전하려고 할 때마다 비정상적인 것들—내가 보여주었던 아이러니와 용기—이 떠올라 충격을 받았다. 그 모든 것으로부터 유일하게 내게 남은 것은, 타인을 감동시킬지는 모르겠지만 어쨌든 내가 우스꽝스러운 바보일지 모른다는 생각이었다.

나는 여전히 라자르를 생각했고, 그때마다 소스라치게 놀랐다. 피곤에 짓눌릴 때마다, 그녀는 빈에서 나를 불안에 빠뜨렸던 검은 깃발과 유사한 의미로 다가왔다. 전쟁에 관해 그녀와 언짢은 대화를 나눈 이후로 나는 불길한 전조들 속에서 내 삶과 관련된 위협뿐만 아니라 이 세계 위에 드리워진 보다 전반적인 위협을 보았다……. 일어날지도 모르는 전쟁과, 죽음과 관련되는 것을 혐오한다던 라자르를 결합시켜줄 만한 것은 단 하나도 없었다. 그렇기는 하지만 몽유병 환자처럼 불규칙한 걸음걸이, 말투, 주변에 침묵을 투사할 수 있는 능력, 희생도 불사하겠다는 의지…… 이 모든 것 때문에 그녀에게 죽음이 연결되어 있을지도 모른다는 생각이 들었다. 그런 삶은 필연적으로 불행해질 수밖에 없는 사람들과 그들 세계에서만 의미를 갖는다고 나는 생각했다. 어느 날 머릿속이 환해졌고, 그 즉시 그녀와 공유하던 내 관심들을 모두 떨쳐버리기로 결심했다. 돌연한 청산은 내 생활의 다른 측면들과 마찬가지로 우스꽝스러운 면모를 갖고 있었다…….

그런 결정을 내리고 불현듯 기분이 좋아진 나는 집을 나섰다. 꽤 오래 걷다가 플로르 카페의 테라스로 들어섰다. 잘 아는 사이는 아니지만 눈에 익은 사람들이 앉아 있는 테이블에 자리를 잡았다. 방해가 되는 건 아닐까 싶기도 했지만, 자리에서 일어나지는 않았다. 사람들은 알아두면 유용한 최근 사건들에 관해 진지하게 이야기하고 있었다. 내가 보기에 불안정한 현실의 투영물마냥 그들 모두 머리가 빈 것 같았다. 나는 한 시간 동안 그들의 말에 귀만 기울였을 뿐 입은 열지 않았다. 그러고 나서 몽파르나스 대로에 있는 역 오른쪽의 식당으로 갔다. 식당 테라스석에 앉아 내 능력 한도에서 가장 최고인 메뉴를 주문했다. 나온 음식을 먹으며 적포도주를 무척 많이 마셨다. 식사가 끝날 무렵, 꽤 늦은 시간이었지만 모자지간으로 보이는 두 사람이 나타났다. 어머니는 나이가 많지 않아 보였고, 날씬하고 매력적이며 유혹적이었다. 그게 중요한 게 아니라 그 순간 나는 라자르를 떠올렸다. 그 어머니가 꽤 부유한 사람 같아서 나는 마음 편하게 그녀를 쳐다볼 수 있었다. 그녀 앞에 앉은 어리고 말이 거의 없는 아들은 플란넬 소재의 화려한 회색 정장 차림이었다. 나는 커피를 주문하고 담배를 피우기 시작했다. 그 순간 헐떡임처럼 길게 이어지는 격렬하고 고통스러운 비명을 듣고 어리둥절해졌다. 테라스 가장자리에 심어놓은 키 작은 나무의 밑동에서 고양이 한 마리가, 정확히 말하자면, 내가 보고 있던 두 손님의 저녁식사 테이블 밑에서 아들의 목으로 뛰어올랐던 것이다. 젊은 어머니는 얼굴이 하얗게 질린 채 일어나면서 날카로운 소리를 내질렀다. 그녀는 곧 그게 사람이 아니라 고양이라는 걸 알아차리고는 웃기 시작했다(그녀는 우스꽝스런 것이 아니라 그냥 꾸밈이 없을 뿐이었다). 시중드는 여자들과 주인이 테라스로 나왔다. 그들은 그 고양이가 유난히 공격적인 것으로 유명하다면서 웃었다. 나도 그들과 함께 웃었다.

이후 나는 기분이 꽤 좋아졌다고 자평하며 식당을 나섰지만, 인적 없는 거리를 정처 없이 걷게 되자 또 흐느껴 울기 시작했다. 울음을 멈출 수가 없었다. 그 상태로 오랫동안 걸어 나도 모르는 사이에 꽤 먼 거리인 우리 동네까지 오게 되었다. 나는 여전히 울고 있었다. 앞에서 큰 소리로 떠들며 걸어가던 세 처녀와 두 청년이 웃음을 터뜨렸다. 처녀들은 예쁘지 않았지만, 사람을 끄는 매력이 있었고 뭔가에 상기되어 보였다. 나는 울음을 멈추고 우리 집 문 앞까지 천천히 그들 뒤를 따랐다. 그들이 떠들어대는 소리가 나를 몹시 자극했는지 집에 들어가지 않고 단호히 발길을 돌렸다. 택시를 타고 타바랭 댄스홀로 갔다. 홀에 들어서자 벌거벗다시피 한 플로어의 댄서들이 보였다. 예쁘고 생기 넘치는 댄서들이 꽤 있었다. 플로어 가장자리에 자리를 잡았다(다른 자리는 내가 모두 마다했다). 홀은 만원이었고, 내가 앉은 자리는 다른 곳보다 높아 의자가 툭 튀어나와 있었다. 언제 어느 때 균형을 잃고 춤추는 벌거숭이 처녀들 속으로 굴러떨어질지 몰랐다. 몹시 더워 얼굴은 금세 달아올랐고 이미 축축해진 손수건으로 얼굴에 흐르는 땀을 연신 닦았다. 테이블 위의 술잔을 들어 입으로 가져가기조차 힘이 들었다. 그 우스꽝스러운 상황에서 의자에 앉아 불안한 균형을 유지하고 있는 내 존재는 불행의 의인화 같았다. 반대로 빛에 둘러싸인 플로어 위의 댄서들은 접근할 수 없는 행복이 형상화 된 것 같았다.

다른 댄서들보다 날씬하고 아름다운 댄서가 위엄 있게 보이는 야회복을 입고 여신의 미소를 지으며 나타났다. 춤이 끝났을 때 그녀는 완전히 벌거벗은 상태였지만, 바로 그 순간 그녀는 믿기지 않을 만큼 우아하고 세련된 모습으로 변했다. 조명기에서 쏟아지는 보라빛 광선을 받아 그녀의 빛나는 육체는 유령 같은 창백함의 극치를 보여주었다. 나는 어린 소년처럼 황홀해하며 그녀의 벌거벗은 엉덩이를 바라보았다. 그렇게 순수하고 현실적이지 않은 것은 평생 본 적이 없을 정도로 그녀의 엉덩이는 예뻤다. 단추를 하나씩 끄르며 옷을 벗는 쇼가 다시 시작되었고, 숨이 멎을 만큼 놀란 나는 기진맥진한 채로 의자를 꽉 붙잡아야 했다. 댄스홀에서 나와 카페에서 거리로, 거리에서 야간버스로 떠돌아다녔다. 별 생각 없이 버스에서 내려 스핑크스로 갔다. 거기 오는 사람에게 어김없이 제공되는 여자들 한 명 한 명에게 차례로 욕정을 품었다. 방으로 올라가고 싶은 생각은 없었다. 환상적인 불빛이 끊임없이 내 마음을 착란시켰다. 이후 돔으로 갔다. 기분은 점점 더 의기소침해졌다. 달달한 샴페인을 마시며 석쇠에 구운 소시지를 먹었다. 기운은 났지만 맛은 형편없었다. 늦은 시간, 사람의 품위를 떨어뜨리는 그곳에는 정신적으로 황폐하고 거친 남자와 늙고 못생긴 여자만 드문드문 남아 있었다. 그러고 나서 다른 술집으로 갔더니 그냥 그렇게 생긴 한 여자가 그르렁거리는 목소리로 술집

주인과 쑥덕거리고 있었다. 나는 택시를 타고 집으로 갔다. 새벽 4시가 넘은 시간이었지만, 자리에 눕지 않고 문이란 문은 다 열어놓은 채 타자기로 보고서를 작성했다.

집에 묵고 있던 장모가(아내가 없는 동안 집안살림을 돌봐주고 있었다) 잠에서 깼다. 그녀는 문 저편 침대에서 나를 부르더니 온 아파트에 다 들릴 정도로 소리를 쳤다.

"앙리…… 에디트가 11시쯤에 브라이튼에서 전화했네. 자네가 없어서 꽤나 실망한 것 같았어."

사실 난 에디트가 보낸 편지를 전날부터 호주머니에 넣고 다니는 중이었다. 그녀가 밤 10시 이후에 전화하겠다고 했는데 그걸 잊어버리다니. 나는 비열한 놈임에 분명하다. 더구나 집 앞까지 왔다가 다시 발길을 돌렸으니! 이보다 더 가증스러운 짓은 상상할 수 없으리라. 부끄럽게도 내가 버려두었던 아내는 불안한 나머지 영국에서 전화를 했던 것이다. 그동안 나는 그녀를 까맣게 잊은 채 멍한 상태로 여기저기 배회하며 타락을 일삼았다. 나는 모든 게 다 잘못되어 괴로웠다. 다시 울기 시작했다. 내 흐느낌에는 시작도 끝도 없었다.

공허감은 사라지지 않았다. 잔뜩 취해서 우는 바보, 나는 우스꽝스럽게도 그것이 되어버렸다. 잊힌 쓰레기가 되었다는 느낌에서 벗어날 수 있는 유일한 방법은 끊임없이 퍼마시는 것뿐이었다. 나는 내 건강을, 어쩌면 존재 이유가 없는 내 인생까지도 끝장낼 수 있으리라 희망을 품었다. 술이 나를 죽일지도 모른다는 생각은 했지만, 그것은 막연한 생각에 불과했다. 나는 아마도 계속 마셔댈 것이고 그러면 죽을지도 몰랐다. 아니면, 더는 안 마실지도……. 지금 당장은 아무것도 중요하지 않았다.

2

나는 취해서 프랑수아의 집 앞에서 택시를 내렸다. 만나기로 한 친구들이 있는 테이블로 가서 아무 말 없이 앉았다. 일행 중에는 여자도 셋 있었다. 그들과의 동석은 나로서는 잘된 일이었고, 덕분에 나는 과대망상에서 벗어날 수 있었다. 혼자서만 술을 마신 건 아니었다. 우리는 저녁을 먹으러 기사식당으로 갔다. 테이블은 금세 완전히 비거나 반쯤 빈 수많은 적포도주병으로 뒤덮였다.

옆에 앉은 여자는 이름이 크세니였다. 그녀는 식사가 끝나자, 시골에서 막 돌아와 밤을 지낸 집의 화장실에서 희끄무레한 액체가 가득 찬 요강 속에 파리가 한 마리 빠져 죽은 걸 보았다고 했다. 내가 디저트로 먹은 크림치즈의 우윳빛깔이 혐오스럽다며 한 이야기였다. 술이 든 하트 모양의 치즈였다. 그녀는 붉은 소시지를 먹으면서 내가 따라준 적포도주를 깡그리 다 비웠다. 시골 처녀처럼 소시지를 먹어댔지만, 일부러 그러는 것임에 틀림없었다. 너무 부자라서 할 일 없이 빈둥거리는 처녀일 뿐이었다. 크세니의 접시 앞에는 그녀가 늘 들고 다니는 녹색 표지의 아방가르드 잡지가 놓여 있었다. 나는 잡지를 집어들고 펼쳐서 뒤적이다가 시골의 한 신부가 쇠스랑으로 두엄더미를 긁어낸다는 문장을 발견했다. 나는 술에 더 취했고, 요강 속에 빠져 죽은 파리의 모습이 크세니의 얼굴과 겹쳤다. 크세니의 얼굴은 창백했고, 목에는 파리 다리 같은 더러운 머리카락이 붙어 있었다. 빵부스러기와 적포도주 얼룩이 묻은 종이 식탁보 위에 놓인 그녀의 흰 가죽장갑은 깨끗했다. 식탁에 앉은 사람들은 목청껏 큰 소리로 이야기하고 있었다. 나는 오른손에 포크를 감추고 그 손을 슬그머니 크세니의 넓적다리 위로 뻗었다.

바로 그때 나는 술주정뱅이처럼 떨리는 목소리를 냈다. 어찌면 한 편의 코미디라고 할 수 있었다. 나는 그녀에게 말했다.

"당신은 심장이 싸늘하네."

나는 갑자기 웃음이 터졌다. 하트 모양의 크림치즈가 생각났다. 토하고 싶은 기분이 들었다.

그녀는 의기소침해 보였지만 기분 나빠하지 않고 타협적인 어조로 대답했다.

"당신이 실망할지 모르겠지만 이건 사실이에요. 난 아직 별로 안 마셨는데 당신을 즐겁게 해주려고 거짓말하고 싶지는 않아요."

내가 다시 말했다.

"그렇다면……."

나는 포크로 그녀의 넓적다리를 거침없이 찔렀다. 그녀는 고함을 지르며 이리저리 피하려다가 적포도주 잔 두 개를 엎었다. 그녀는 의자를 뒤로 빼고 상처를 보기 위해 옷을 들어올렸다. 예쁜 속옷과 맨살이 드러난 넓적다리가 마음에 들었다. 제일 뾰

족하게 튀어나온 포크날 하나가 살을 뚫어서 피가 났으나 심각 한 수준은 아니었다. 나는 그녀가 미처 말릴 겨를도 없이 서둘러 그녀의 넓적다리에 입을 갖다대고 흐르는 피를 빨았다. 다른 사람들은 놀랐는지 난처한 웃음을 지으며 쳐다보았다……. 그들은 이내 크세니가 새하얗게 질린 얼굴로 울고 있다는 걸 알아차렸다. 그녀는 본인이 생각하는 것보다 더 취한 상태였다. 그녀는 계속, 게다가 내 팔에 안긴 채 울었다. 나는 엎어진 그녀의 술잔에 적포도주를 다시 채운 다음 술을 권했다.

우리 중 하나가 먼저 대표로 돈을 냈다. 그러고 나서 각자에게 금액이 할당되었는데, 나는 크세니 몫의 돈까지 내가 내겠다고 했다(그녀를 소유하고 싶어서 그러는 것처럼). 프레드파인에 갈 것인지 여부를 두고 토론이 벌어졌다. 곧 두 대의 자동차 안에 일행이 빽빽하게 들어앉아서 프레드파인으로 향했다. 나이트클럽의 좁은 홀은 숨 막힐 정도로 더웠다. 나는 크세니랑 먼저 춤을 춘 뒤 낯선 여자들과도 춤을 추었다. 나는 위스키를 마시자며 한 사람씩(그중 한 번은 크세니였다) 근처 작은 술집으로 데려가 문 앞에서 바람을 쐰 다음 나이트클럽으로 되돌아가기를 반복했다. 결국 나는 벽에 등을 기댄 채 문 앞에 자리를 잡았다. 취해 있었다. 지나가는 사람들 얼굴을 뚫어지게 쳐다보았다. 한 친구가 왜 혁대를 끌러 손에 들고 있는지 알 수 없었다. 친구에게 혁대를 달라고 했다. 나는 그걸 반으로 접어서 들고는 꼭 때릴 것처럼 여자들 앞에서 휘두르며 재미있어했다. 날이 어두워져서 더는 볼 수도, 이해할 수도 없었다. 여자들이 남자들과 함께 지나갔지만 그녀들은 아무것도 안 보이는 척했다. 지나가던 처녀 둘이 내 손에 위협적으로 들려진 혁대를 보고 욕을 하며 노골적으로 나에게 경멸을 표했다. 그중 한 여인은 대단한 미인에 금발이었으며, 강인해 보이면서도 기품 있는 얼굴이었다. 그녀는 불쾌하다는 듯 등을 돌리더니 프레드파인의 문턱을 넘어섰다. 나는 술집 주위에 몰려 있는 술꾼들을 제치고 그녀를 따라갔다.

"왜 나를 힐난하는 거요?"

나는 혁대를 보여주며 말했는데 왠지 웃고 싶었다.

"나랑 한잔합시다."

그녀는 그제서야 나를 보며 웃었다. 그녀가 말했다.

"좋아요."

자신에게 혹대를 보여주는 이 술 취한 남자에게 빚지고 싶지 않다는 듯 그녀가 한마디 덧붙였다.

"자, 이거 가져요."

그녀의 손에는 부드러운 밀랍으로 빚은 벌거벗은 여인상 하나가 있었다. 인형의 아랫도리는 종이로 감싸져 있었다. 그녀는 조심조심 아주 섬세하게 인형의 상반신을 움직였다. 그보다 더 외설스러운 광경은 없으리라. 독일사람인 그녀의 얼굴은 표백한 것처럼 새하얬고 태도는 오만하고 도발적이었다. 나는 그녀와 춤을 추면서 닥치는 대로 욕을 퍼부었다. 그녀가 춤을 멈추더니 심각한 표정으로 나를 뚫어져라 쳐다보았다. 그녀는 오만함 그 자체였다. 그녀가 말했다.

"보세요."

그리고 그녀는 치마를 들어올렸다. 다리, 꽃무늬의 양말대님, 스타킹, 속옷, 모든 게 사치스러웠다. 그녀는 손가락으로 자신의 벌거벗은 육체를 가리켰다. 그녀는 나와 계속 춤을 추었고, 나는 그녀가 들고 있는 초라한 밀랍인형을 보았다. 그 싸구려 인형은 나이트클럽 입구에서 파는 물건이었고, 그걸 파는 남자는 계속해서 이렇게 중얼거렸다. '만져보면 관능적입니다…….'

밀랍인형은 부드러웠다. 살덩이의 나긋나긋함도 느껴졌다. 그녀는 그걸 휘두르며 내 곁을 떠났고, 춤의 도발적인 파동을 인형에 전달하며 흑인 피아니스트 앞에서 혼자 룸바를 췄다. 흑인 피아니스트는 목이 터져라 웃으며 피아노 연주를 계속했다. 그녀가 멋지게 춤을 추자 주위 사람들이 박수를 치기 시작했다. 그러자 그녀는 원뿔 모양의 종이에서 인형을 꺼내더니 폭소를 터뜨리며 피아노 위로 던졌다. 인형은 마치 사람의 몸이 넘어질 때 나는 것 같은 소리를 내며 피아노의 나무판 위에 떨어졌다. 인형이 두 다리를 길게 뻗었는데 발은 모두 잘려 있었다. 절단된 작은 장밋빛 장딴지, 벌려진 다리는 신경을 자극하면서도 매혹적이었다. 나는 테이블 위에서 칼 하나를 발견하고는 장밋빛 장딴지를 얇게 잘라냈다. 춤을 추던 여자는 그 조각을 빼앗더니 내 입 속으로 집어넣었다. 쓰디쓴 양초처럼 끔찍한 맛이 났다. 구역질이 나 뱉어버렸다. 나는 완전히 취한 상태는 아니었다. 그녀를 따라 호텔방으로 갔을 때 일어날지도 모를 일이 두려워졌다(돈이 다 떨어지면 또다시 그녀에게 욕을 먹고 멸시받을지 모를 일이었다).

그 아가씨는 내가 크세니를 비롯한 일행과 이야기하는 모습을 보았다. 그래서 자기와는 밤을 보낼 수 없을 거라 생각했는지, 내게 작별인사를 하고는 사라져버렸다. 친구들은 프레드파인을 나섰고, 나도 그들을 따라갔다. 우리는 또 그라프에서 먹고 마셨다. 아무 말 없이, 아무 생각 없이 자리만 지키던 나는 몸이 아프기 시작했다. 손도 더럽고 머리도 헝클어졌다는 핑계로 세면대로 갔다. 뭘 어떻게 했는지 모르겠다. 조금 후 '트로프만'이라고 부르는 소리가 들렸을 때 나는 반쯤 잠이 든 상태였다. 바지를 내린 채 변기 위에 앉아 있었다. 바지를 올리고 나갔더니 내 이름을 불렀던 친구는 내가 사십오 분 전부터 보이지 않았다고 했다. 테이블에 가서 앉았으나, 잠시 후 그들은 내게 다시 화장실로 가라고 했다. 내 얼굴에는 핏기가 하나도 없었다. 나는 다시 화장실로 가 오랫동안 토했다. 그러고 나자 모두 집에 돌아갈 시간이라고 했다(벌써 4시였다). 누군가 나를 자동차 뒷좌석에 태우고 집까지 데려다주었다.

다음 날(일요일이었다) 나는 계속해서 앓았다. 끔찍한 혼수 상태 속에서 하루가 지나갔다. 나는 사람들을 만날 생각으로 3시쯤 옷을 갈아입었다. 비록 실패했지만, 정상인 상태의 사람처럼 보이려고 애썼다. 나는 일찌감치 집에 돌아와 자리에 누웠다. 오랜 시간 토했을 때처럼 열이 오르고 콧속이 아팠다. 게다가 비에 흠뻑 젖은 옷을 입고 있었던 탓에 감기에 걸리고 말았다.

3

병적으로 잠을 잤다. 밤새도록 이어진 악몽 혹은 고통스러운 꿈이 나를 녹초로 만들었다. 나는 어느 때보다도 아픈 몸으로 잠에서 깨어났다. 방금 꾼 꿈을 머릿속에 떠올려보았다. 어느 방 입구, 바퀴 없는 영구차 모양의 기둥과 닫집이 달려 있는 침대 앞이었다. 그 침대 혹은 영구차는 수많은 남자들과 여자들에 둘러싸여 있었는데, 그들은 전날 밤 자리를 함께했던 동료 같았다. 넓은 방은 연극무대인 듯했고, 남자들과 여자들은 기이하게도 내가 초조하게 기다리던 공연의 배우이거나, 아니면 연출가 같았다……. 나로 말하자면 멀찌감치 아무 장식도 없고 다 부서진 복도 같은 곳에 자리를 잡고 몸을 숨겼는데, 그곳과 침대가 있는 방의 관계는 관객석과 무대의 관계와 흡사했다.

곧 시작될 공연은 터무니없는 유머를 무장한 채 보는 사람들을 동요시킬 것임에 틀림없었다. 우리는 진짜 시체가 출현하기를 기다리고 있었다. 그 순간 닫집이 달린 침대 한가운데에 놓인 관 하나가 눈에 띄었다. 관을 덮고 있던 판자는 극장의 막이나 체스 통 뚜껑처럼 소리 없이 미끄러지듯 사라졌다. 그리고 나타난 것은 무시무시하지 않았다. 시체는 뭐라고 정의할 수 없는 형태의 물체, 눈이 부실 만큼 선명한 장밋빛의 밀랍이었다. 밀랍은 그 금발 아가씨의 발 잘린 인형을 연상시켰다. 그보다 더 매혹적인 게 어디 있으랴? 그것은 관중들의 냉소적인, 소리 없이 열광하는 정신 상태와 똑같았다. 희생자가 누구인지 알려지지 않은 잔혹하고 유쾌한 개그 공연이 이제 막 시작된 것이다. 잠시 후 불안해 보이기도 하고 매혹적으로 보이기도 하는 그 장밋빛의 물체가 엄청나게 확대되었다. 그것은 장밋빛 혹은 황토빛 무늬가 새겨진 흰색 대리석에 조각된 거대한 시체의 모습이었다. 시체의 머리는 거대한 암말의 두개골이었다. 몸뚱어리는 물고기 뼈, 아니면 이빨이 절반가량 빠지고 휜 거대한 물고기의 아래턱이었다. 다리는 인간의 척추처럼 길게 펴진 척추 모양으로, 발이 없는 말 다리의 길고 마디진 토막이었다. 우스꽝스럽기도 하고 흉측스럽기도 한 전체적인 모습은 그리스의 대리석상을 연상시켰다. 말 머리 위에 얹어놓은 밀짚모자처럼 두개골 위에는 군대 철모가 씌어 있었다. 그 모습에 내가 불안을 느낄지 아니면 웃을지 나로서도 알 수가 없었다. 만일 내가 웃는다면 그 석상, 일종의 시체가 웃음거리에 불과해지리라는 건 분명했다. 하지만 두려움에 떤다면 그 석상은 나를 산산조각내려 달려들 것이다. 아무것도 이해되지 않았다. 누워 있던 시체는 갑옷을 입고 철모를 쓴 미네르바 여신으로 변하더니 공격적인 모습으로 일어섰다. 미네르바 여신은 대리석이었으나 꼭 미친 여자처럼 날뛰기 시작했다. 그녀는 나를 황홀하게 했지만, 나를 아연하게 만드는 심한 농담을 계속했다. 장내의 즐거움은 절정에 도달했지만, 아무도 웃지 않았다. 미네르바 여신은 대리석으로 된 반달검을 휘두르기 시작했다. 그녀의 모든 것이 송장을 연상시켰다. 들고 있는 무기의 무어Moor식 형태는 일이 벌어지고 있는 장소 즉 납빛 대리석과 흰 대리석으로 된 기념비들이 서 있는 묘지를 의미하고 있었던 것이다. 그녀는 거대했다. 그녀의 존재를 사실로 받아들여야 할지 어떨지 알 수가 없었다. 그녀가 더 분명치 않게 변한 것이었다. 그 순간 방에서 이리저리 날뛰던 그녀는 내가 두려움에 떨며 숨어 있던 골목길로 내려왔다. 그러자 나는 작아졌고, 그녀는 나를 보자마자 내가 두려워한다는 걸 알아챘다. 그리고 내 두려움이 그녀를 유인했다. 그녀의 움직임이 우스꽝스러울 정도로 사나워졌다. 느닷없이 내려오더니 미친 듯 더욱 힘차게 자신의 무시무시한 무기를 휘두르며 내게 덤벼들었다. 그것은 종말에 이르는 순간이었다. 나는 공포로 마비되고 말았다.

꿈속에서 미쳐서 죽어버린 디르티가 옷을 입더니 석상 기사의 모습으로 변했다. 그리고 알아볼 수 없게 변해버린 그녀는 나를 없애기 위해 내게 달려들었다.

4

발병 전의 내 생활은 처음부터 끝까지 병적인 환각 상태였다. 나는 깨어 있었지만, 모든 게 꼭 악몽에서처럼 그렇게 쏜살같이 지나갔다. 프레드파인에서 밤을 보내고 그다음 오후, 나는 내가 정상적인 생활로 돌아갈 수 있도록 도와준 친구들을 만나기 위해 집을 나섰다. 라자르를 만나러 그녀의 집으로 가야겠다는 생각이 떠올랐다. 몸이 무척 아팠다. 그러나 이 만남은 내가 기대한 것과 달리, 다음 날 밤 내가 꾸게 될 꿈보다도 더 나를 의기소침하게 만드는 악몽 같았다.

일요일 오후, 날씨가 덥고 바람 한 점 불지 않았다. 나는 튀렌가에 있는 라자르의 아파트로 가 그녀를 만났다. 라자르는 동거인과 함께 살고 있었다. 눈을 보는 순간 흉안凶眼의 마력에서 도망쳐야 한다는 바보스러운 생각을 떠올리게 하는 사람이었다……. 랑드뤼의 통속적인 이미지와 기분 나쁠 만큼 일치하는 키가 큰 남자였다. 그는 큰 발에, 홀쭉하게 여윈 몸에 비해서 너무 큰 연한 회색 재킷을 걸치고 있었다. 재킷 천은 낡았고, 이곳저곳 눌어서 다갈색으로 변해 있었다. 재킷보다 어두운 색깔의 바지는 윤이 날 정도로 낡았고 나선 모양으로 방바닥까지 흘러내렸다. 머리는 벗어졌고 랑드뤼처럼 밤색의 멋진 수염을 길렀다. 그는 세련된 예의를 갖추고 있었다. 그는 적절하게 선택된 단어들을 사용해서 자신의 생각을 민첩하게 표현했다.

내가 방 안으로 들어갔을 때 구름 낀 하늘을 배경으로 그의 실루엣이 뚜렷하게 드러나 있었다. 창문 앞에 서 있었던 것이다. 그는 거구였다. 라자르는 나를 그에게 소개시켰고, 소개를 받은 그는 자신이 그녀의 의붓아버지라고 했다(그는 라자르와 달리 유대인이 아니었다. 라자르의 어머니와 재혼한 것이었다). 이름은 앙투안 믈루. 지방 고등학교의 철학 선생이었다.

방문이 내 뒤에서 닫히고 꼼짝없이 덫에 걸린 것처럼 두 사람 앞에 앉았다. 나는 갑갑한 피로와 구토를 느꼈다. 동시에 내가 이제부터 조금씩 침착함을 잃게 될 것이라는 생각이 들었다. 라자르는 의붓아버지 이야기를 여러 번 했었는데, 그녀의 말에 따르면 그는 자기가 만난 사람 중 가장 섬세하고 가장 지적이라고 했다. 나는 그의 존재가 끔찍하고 거북했다. 그때 나는 병이 나 반쯤은 정신착란 상태였다. 그가 말없이 입을 크게 벌리고만 있었다면 그리 놀라지 않았을 텐데, 그가 아무 말 없이, 침이 수염을 타고 흘러내려도 내버려두고 있는 바람에 나는 질겁했다…….

라자르는 내 갑작스러운 방문에 화를 냈지만 의붓아버지는 그렇지 않았다. 소개가 끝나자마자(그동안 남자는 무표정한 얼굴로 꼼짝도 하지 않았다) 그는 반쯤 부서진 안락의자에 살짝 걸터앉아 말을 시작했다.

"나를 헤어나올 수 없는 난처함에 빠뜨린 논쟁점을 선생에게 이야기할 수 있게 되어 아주 설레는군요……."

라자르가 절도 있고 냉담한 목소리로 그의 말을 중단하려고 했다.

"아버지! 그런 논쟁에는 해결책이 없다는 생각은 하지 않나요……? 그런 말은 트로프만 씨를 피곤하게 만들 뿐이에요. 보세요. 그는 이미 굉장히 지쳤잖아요."

나는 고개를 숙인 채 내 발이 딛고 있는 마룻바닥을 뚫어지게 쳐다보았다. 이어서 나는 말했다.

"상관없습니다. 무슨 일인지 계속 설명해주시지요. 물론 설명 안 하셔도 괜찮고요……."

나는 확신 없이 낮은 소리로 이야기했다.

믈루 씨가 다시 말하기 시작했다.

"우리 딸이 몇 달 전부터 몰두하여 심사숙고한 결과를 막 내게 말해주었다오. 그런데 내 보기에 난관의 이유가 라자르가 이야기하는 저 현란한 주장 속에 있는 것 같지는 않단 말이지.

그러니까 눈앞에 펼쳐지는 사건들에 좌지우지되는 역사의 막다른 지경을 드러내기 위해 저 아이가 주장하는 논거 말입니다. 일견 타당해 보이기도 하지만……."

맑고 부드러우며 낮은 목소리의 억양에는 지나친 정중함이 섞여 있었다. 나는 귀조차 기울이지 않고 있었다. 그가 무슨 말을 하려는지 다 알고 있었다. 나는 그의 수염, 거칠고 우중충한 낯빛, 강조할 때 취하는 큼지막한 손의 제스처, 또박또박 발음하는 창자 빛깔의 입술에 짓눌려 있었다. 나는 깨달았다. 그는 사회주의자들의 희망이 사라졌다는 사실을 인정하는 데 있어 라자르와 의견을 같이했다. 나는 그들이 꽤나 곤경에 처했음을 느꼈다. 그리고 사라져버린 사회주의자들의 희망이 바로 여기 있다……라는 생각이 들었다. 그런데 나는 정말 아프다…….

믈루 씨는 이 통탄할 시대에 지식인 사회에 제기된 '불안한 딜레마'를 꼭 교수 같은 목소리로 계속해서 진술했다(그에 의하면 오늘을 살아간다는 것은 지성을 가진 모든 사람에게 불행이다). 그는 이마에 주름을 잡아가며 한 마디 한 마디 힘주어 발음했다.

"우리는 이제 침묵 속에 잠겨야 하는 겁니까? 아니면, 노동자의 마지막 저항에 힘을 보탬으로써 피할 수 없는 죽음을 맞이하는 운명을 받아들여야 합니까?"

그는 들어올린 손끝을 뚫어지게 바라보며 잠시 침묵했다. 그가 결론을 지었다.

"루이즈는 영웅적인 해결책 쪽으로 마음이 기운 상태이지요. 선생이 노동자해방운동의 가능성에 대해 개인적으로 어떤 생각을 갖고 있는지 그건 잘 모르겠군요. 그래서 내가 몇 가지 문제를 제기해보려고 합니다. 잠정적으로……."

그는 이렇게 말하고 나서 엷은 미소를 지으며 나를 바라보았다. 그는 오랫동안 입을 다물고 있었는데, 꼭 자기가 옷을 제대로 재단했는지 잘 보기 위해 약간 뒤로 물러선 재단사 같았다.

"허공에다, 그래요, 바로 허공에다 말을 해야 하는 것이지요……."

그는 두 손을 맞잡더니 비볐다.

"우리가 항상 어떤 문제들 앞에 있는 것처럼 말이오. 현실적 여건과는 상관없이 장방형 ABCD를 상상할 수 있는 권리가 우리에게는 있지요. 원하신다면 현재의 경우로 이야기해봅시다. 멸망할 수밖에 없는 운명의 노동자 계급이 있다고 칩시다……."

나는 '멸망할 수밖에 없는 노동자 계급'이라는 말에 귀를 기울이고 있었다. 나는 정신이 나간 상태였다. 일어나서 문을 꽝 닫고 떠나야겠다는 생각조차 하지 못했다. 어리벙벙하게 라자르를 바라보고 있을 뿐이었다. 라자르는 체념했지만 신중한 표정으로 고개를 숙인 채 턱을 괸 팔꿈치는 무릎 위에 올려놓고서 안락의자에 앉아 있었다. 그녀는 자기 의붓아버지보다 더 더러웠고, 심지어 그보다 더 음침하기까지 했다. 그녀는 꼼짝하지 않고 앉아 그의 말을 가로막았다.

"틀림없이 아버지는 '정치적으로 굴복할 수밖에 없는'이라고 말하고 싶겠지요……."

거구의 인물이 웃음보를 터뜨렸다. 그는 낄낄대며 웃었다. 그는 라자르가 한 말을 기꺼이 인정했다.

"물론이지! 난 노동자들이 모두 다 육체적으로 죽을 거라는 가정은 하지 않아……."

내가 드디어 입을 열었다.

"왜 제가 그런 문제에 신경을 써야 된단 말입니까?"

"내 생각이 잘못 표현된 것 같군요, 선생!"

그때 라자르가 무감각한 말투로 말했다.

"당신을 '동지'라고 부르지 않는 걸 이해하세요. 아버지는 동료들과…… 철학적인 토론을 즐겨 하시죠……."

믈루 씨는 태연했다. 그가 말을 이어갔다.

나는 오줌을 누고 싶었다(벌써부터 다리를 흔들고 있었다).

"우리가 지금 사소하고 비현실적인 문제에 직면해 있다는 사실을 부인할 수가 없는데……."

그는 우울한 표정이었고, 오직 자신만이 알 수 있는 어떤 어려움 때문에 고통스러웠는지 손짓을 하려다 말았다.

"일견 그것의 본질은 우리의 이해 능력에서 벗어나는 듯 보입니다만, 결과는 신랄하고 불안한 정신 상태에서 벗어날 수 없습니다."

나는 라자르 쪽으로 고개를 돌리고 이렇게 물었다.

"미안하지만 화장실이 어디 있는지 좀 가르쳐줘야 되겠는데……."

그녀는 무슨 말인지 몰라 잠시 망설이더니 이내 일어나 문을 가리켰다. 나는 오랫동안 오줌을 누었고, 이제 토할 수 있으리라 생각했다. 두 손가락을 목구멍 속에 깊이 집어넣고 역한 소리를 내며 기침을 하는 등 온갖 노력을 기울이다 보니 녹초가 되어버렸다. 하지만 그렇게 했더니 오히려 속은 편해져서 나는 두 사람이 있는 방으로 다시 들어갔다. 나는 몹시 불편하게 서 있다가 단도직입적으로 말했다.

"선생께서 말씀하신 문제에 대해 심사숙고해보았습니다. 우선 질문을 하나 하고 싶군요."

그들의 표정이 바뀌는 걸 본 나는 내 '두 친구'가 내 말에—물론 그들은 당황해했으나— 귀를 기울일 것이라는 사실을 알 수 있었다.

"내가 열이 좀 있는 것 같은데."

나는 몹시 뜨거운 내 손을 라자르에게 내밀었다.

"정말이군요. 집으로 돌아가서 누워야겠어요."

라자르가 피곤한 목소리로 말했다.

"어쨌든 알고 싶은 게 한 가지 있습니다. 노동자 계급이 파멸했다면 당신들은 왜 아직도 공산주의자이거나…… 사회주의자인 거죠?…… 당신들 원하는 대로 말예요……."

그들은 나를 뚫어지게 바라보았다. 그러더니 서로를 마주 보았다. 결국 라자르가 대답했는데, 나는 그녀의 말을 겨우 알아들을 수 있었다.

“무슨 일이 있더라도 우리는 억압받는 사람들 편에 서야 해요.”

나는 ‘저 여자는 기독교 신자겠구나. 당연히!…… 그리고 나는 왜 지금 여기 와 있지……’라고 생각했다. 나는 제정신이 아니었고 부끄러워서 죽을 지경이었다.

“왜 ‘꼭’ 그래야만 하는 거지? 뭘 하려고?”

“인간은 늘 자신의 영혼을 구제할 수 있어요.”

라자르가 말했다.

그녀는 꼼짝하지 않고, 눈조차 치켜뜨지 않고 말을 마쳤다. 그녀는 확고한 신념을 갖고 있다는 인상을 내게 주었다.

얼굴이 창백해지는 게 느껴졌다. 속이 또 심하게 매슥거리기 시작했다……. 그렇지만 나는 계속해서 말했다.

“그런데 선생께선 어떻게 생각하십니까?”

믈루 씨는 자신의 가느다란 손가락을 멍한 눈으로 바라보며 말했다.

“오, 난 당신의 곤혹스러움을 충분히 이해할 수 있어요. 나 자신도 곤혹스러우니까. 대, 단, 히 곤혹스럽단 말이오. 그 문제의 예상찮은 국면을 당신이 단 몇 마디로 지적해냈기 때문에…… 더욱…… 오! 오……!"

긴 수염 속에서 그의 입이 미소지었다.

"이건 정말 대, 단, 히 흥미로운 일이로군요! 얘야, 정말이지 왜 우리는 아직도 사회주의자이거나…… 공산주의자이지? 그래, 왜지……?"

그는 뜻밖의 명상에 잠긴 듯했다. 긴 수염이 나 있는 조그만 얼굴이 엄청나게 큰 상반신 위에서 아래로 조금씩 수그려졌다. 그의 뼈만 앙상한 무릎이 눈에 들어왔다. 거북한 침묵이 흐른 뒤 그는 기다란 팔을 좌우로 벌린 채 우울한 표정을 짓더니 팔을 다시 들어올렸다.

"사태가 이 지경에 이르고 보니 우린 꼭 비바람이 치기 전에 땅을 가는 농부 같습니다. 농부는 고개를 숙인 채 자기 밭 앞을 지나가겠지요. 그는 우박을 피할 수 없음을 알게 될 겁니다……."

"그리고…… 그 순간이 왔습니다. 농부는 수확물 앞에 있고 지금 내가 하는 것처럼……."

이 엉뚱하고 우스꽝스런 인물은 단숨에 숭고해졌고, 그의 플루트처럼 맑고 부드러운 목소리, 감미로운 목소리는 뭔가 냉담한 어조를 띠었다.

"그는 벼락이 자신을…… 자신과 자기 팔에 내려치기를 기다리면서 아무런 이유 없이 두 팔을 하늘로 들어올릴 겁니다……."

그는 이렇게 말하고 자신의 두 팔을 내렸다. 그는 소름 끼치는 절망의 완벽한 상징으로 변했다.

나는 그를 이해할 수 있었다. 만일 그 자리를 뜨지 않았다면 나는 또 울었을 것이다. 그래서 나는 그 사람처럼 절망스러운 손짓을 하며 나지막한 목소리로 인사한 뒤 그곳을 떠났다.

"안녕, 라자르."

당치도 않은 호의가 내 목소리를 스치고 지나갔다.

"안녕히 가세요."

비가 억수처럼 쏟아졌지만, 모자도 외투도 없었다. 오래 내릴 것 같지는 않았다. 그래서 나는 걸음을 멈추지 않고 빗물로 옷과 머리가 흠뻑 젖어 온몸이 얼음장처럼 차가워진 채 한 시간 동안을 걸었다.

5

다음 날, 착란된 현실 속으로의 이 짧은 탈선은 내 기억 속에서 사라졌다. 나는 방금 꿈속에서 체험한 공포로 혼란스러웠으며, 고열로 온몸이 펄펄 끓는 탓에 초췌했다……. 장모가 침대 머리맡에 갖다놓은 아침식사에는 손도 대지 않았다. 계속 토하고 싶었다. 자세히 말하자면 전전날부터 계속되고 있는 것이었다. 나는 값싼 샴페인 한 병만 찾아다달라고 부탁했다. 그리고 얼음을 채워 한 잔 마셨다. 몇 분 뒤, 나는 토하러 가려고 몸을 일으켰다. 토하고 나서 다시 누웠더니 좀 진정되었지만, 얼마 지나지 않아 다시 구역질이 났다. 몸이 떨리고 이가 딱딱 맞부딪혔다. 나는 병이 났고 불쾌할 정도로 고통스러웠다. 소름 끼치는 수면 속으로 다시 빠져들었다. 모든 사물이, 무슨 수를 써서라도 고정해두어야만 하는 검고 흉측하고 형체 없는 사물들이 떨어지기 시작했다. 아무런 방법이 없었다. 내 삶은 꼭 부패

한 것처럼 산산이 부서져 사라져버렸다…….

의사가 와서 내 몸을 샅샅이 진찰했다. 그러더니 다른 의사를 데리고 다시 오겠다고 했다. 그의 말투로 미뤄볼 때 나는 어쩌면 죽을병에 걸렸을지도 모른다는 생각이 들었다(끔찍하게 고통스러웠고, 몸속에 뭔가가 박혀 있는 것 같다는 생각이 들었고, 휴식에 대한 강렬한 욕구가 느껴졌다. 다시 말해 다른 날처럼 죽음의 욕구는 없었다). 나는 폐에 꽤 심각한 증상을 동반하는 감기에 걸렸다. 전날 나도 모르는 사이에 빗속 추위에 노출되었기 때문이었다.

나는 끔찍한 상태로 사흘을 보냈다. 장모와 하녀, 의사 들을 제외하고는 아무도 보지 못했다. 나흘째 되는 날 병세는 더 악화되었고, 열도 떨어지지 않았다. 내가 병이 났다는 걸 모르고 크세니가 전화를 했다. 내가 집 밖으로 나갈 수 없으니, 나를 보러 집으로 오면 좋겠다고 했다. 그녀는 십오 분 뒤에 도착했다. 내가 상상했던 것보다 더 자연스러운 모습이었다. 사실 그녀는 너무 자연스러웠다. 튀렌 가에서의 환상 이후부터 그녀가 인간적으로 보이기 시작했다. 그녀가 포도주 마시는 모습을 보면 기쁠 거라고—그녀와 술, 다 좋아하니까— 간신히 설명한 후

백포도주 한 병을 가져오게 했다. 하지만 나는 야채수프나 오렌지주스 외에는 마실 수가 없었다. 그녀는 아무 거리낌 없이 술을 마셨다. 나는 그녀에게 내가 취해 있던 그날 저녁은 나 스스로가 너무나 불행해서 술을 마셨다고 말했다.

잘 알고 있노라고 그녀가 대답했다.

"당신은 죽고 싶은 것처럼 그렇게 마셔대더군요. 허겁지겁 마셨어요. 하지만 난…… 술을 못 마시게 막고 싶지는 않았어요. 게다가 나도 마셨으니까."

그녀의 수다가 나를 녹초로 만들었다. 하지만 덕분에 탈진 상태에서 조금이나마 벗어날 수 있었다. 나는 이 아가씨가 상황을 썩 잘 이해하고 있다는 데 놀랐다. 하지만 그녀는 날 위해 아무것도 해줄 수가 없었다. 내가 결국 병마를 이겨내리라는 것을 인정하더라도 말이다. 나는 그녀의 손을 잡아 내 쪽으로 끌어당겨 나흘 전부터 자란 까슬까슬한 수염에 찔리도록 내 뺨에 살며시 갖다댔다.

나는 웃으며 말했다.

"이렇게 면도도 제대로 안 한 사람에게 입을 맞출 수는 없겠지?"

그녀는 내 손을 끌어당겨 오랫동안 손에 입을 맞췄다. 나로선 전혀 예상치 못한 일이었다. 무슨 말을 해야 될지 알 수 없었다. 나는 웃으며 그녀에게 설명하려고 애썼다. 몹시 아픈 사람처럼 들릴락 말락 한 소리로 말했다. 목이 아팠다.

"왜 당신은 내 손에 입을 맞추는 거지? 당신은 알 거야. 내가 역겨운 인간이라는 사실을."

그녀가 아무것도 할 수 없다는 생각에 난 울고 싶었다. 나는 아무것도 극복할 수 없었다.

그녀는 그냥 이렇게만 대답했다.

"알아요. 당신이 비정상적인 성생활을 하고 있다는 건 다들 알고 있어요. 당신은 무척이나 불행한 사람인 것 같아요. 전 바보 같고 잘 웃죠. 머릿속에 든 건 어리석은 생각뿐이지만 당신을 알고 당신의 습관에 대해서 들은 후로, 당신처럼 역겨운 습관을 가진 사람은…… 아마도 고통스러워서 그럴 거라는 생각을 하게 됐어요."

나는 그녀를 오랫동안 쳐다보았다. 그녀 역시 아무 말 없이 나를 쳐다보았다. 그녀는 나도 모르는 사이에 흘러내리는 내 눈물을 보았다. 그녀는 특별히 아름답지는 않았으나, 보는 사람에게 감동을 줄 만큼 자연스러웠다. 그녀가 그처럼 자연스러워 보인 적은 그전에도 없었고, 이후에도 없을 것이다. 나는 그녀를 몹시 좋아하며, 내게는 모든 것이 비현실적으로 변하고 있다고 말했다. 난 역겹지는 않지만 파멸한 인간이었다. 원했던 대로 지금 당장 죽어버리는 것이 나을지도 몰랐다. 나는 신열과 극도의 두려움에 지쳐서 그녀에게 아무것도 설명할 수 없었다. 사실 나 자신도 뭐가 뭔지 알 수 없었다…….

그녀가 미친 여자처럼 느닷없이 말했다.

"당신이 죽는 걸 바라지 않아요. 내가 당신을 보살필게요. 당신이 살아가도록 꼭 돕고 싶어요."

나는 그녀를 설득하려고 애썼다.

"아니, 당신은 날 위해 아무것도 할 수 없어. 그런 일을 할 수 있는 사람은 어디에도 없어……."

내가 진지하게, 그리고 절망스럽게 말했기 때문에 우리 둘 모두 침묵을 지키고 있었다. 그녀도 더는 말할 엄두를 내지 못했다. 바로 그 순간 나는 그녀의 존재가 불쾌하게 느껴졌다.

오랜 침묵이 흐른 뒤 어쩌면 내 삶이, 아니 이 경우는 내 삶 이상의 것이 위기에 처했을지도 모른다는 어리석은 생각이 들었다. 나는 돌연 마음이 어지러웠다. 나는 극도로 흥분한 채 미친 사람처럼 초초한 목소리로 말했다.

"내 말 들어봐, 크세니."

나는 아무 이유 없이 흥분해서 장광설을 늘어놓기 시작했다.

"당신은 문학적인 사건에 말려든 거야. 당신은 사드를 읽었음에 틀림없어. 사드가 굉장하다고 생각했을 거야. 다른 사람들처럼 말이지. 사드를 찬미하는 자들은 사기꾼이야. 알아들어? 사기꾼이라고……."

그녀는 감히 입을 열지 못한 채 아무 말 없이 나를 쳐다보기만 했다. 나는 말을 계속했다.

"정말 짜증이 나, 힘이 쭉 빠질 정도로 화가 나. 내가 지금 무슨 말을 하고 있는지 모르겠군……. 그런데 그자들은 사드에게 왜 그런 짓을 했을까?"

나는 고함을 지르다시피 했다.

"그자들은 굴욕을 참았을까, 참지 않았을까?"

나는 미친 듯이 씨근거리며 벌떡 일어서서는 기침을 하고 쉰 목소리로 외쳤다.

"인간은 다 노예야……. 자만심에 가득 차 주인처럼 행동하는 자도 있지……. 그리고…… 무엇에도 굽실거리지 않는 자들은 감옥이나 땅 밑에 있어……. 그리고 어떤 사람에게 있어서 감옥이나 죽음…… 그건 다른 사람에 대한 노예근성을 의미하는 거야……."

크세니는 내 이마에 가만히 손을 갖다댔다.

"앙리, 제발 부탁이야."

내게 몸을 기대는 순간 그녀는 인정 많은 요정으로 변했고, 들릴락 말락 한 그녀의 목소리에 깃든 뜻밖의 열정은 나를 불태웠다.

"그만해……. 당신 지금 너무 흥분한 상태여서 더 이야기했다가는……."

기묘한 일이지만 내 병적인 흥분 뒤에는 평온한 상태가 이어졌다. 스미는 듯 기묘한 음색을 가진 그녀의 목소리가 나를 반쯤 행복한 무감각 상태로 가득 채웠다. 나는 아무 말 없이 미소

지으며 꽤 오랫동안 그녀를 쳐다보았다. 그녀는 하얀 깃이 달린 감색 실크 드레스를 입었으며, 엷은 색 스타킹에 흰 구두를 신고 있었다. 옷 아래로 드러나는 몸매는 날씬하고 아름다웠다. 정성스럽게 빗은 검은 머리 아래의 얼굴도 생기 있어 보였다. 다만 내 몸이 아픈 게 너무 아쉬웠다.

난 가식 없이 이야기했다.

"당신, 오늘 정말 맘에 드는군. 당신은 아름다워, 크세니. 당신이 나를 앙리라고 부르고 말을 놓을 때 기분이 좋아."

그녀는 정신을 못 차릴 정도로 즐겁고 행복해 보이면서도 또 한편으로는 미치도록 불안한 모습이었다. 그녀는 심적 동요 속에서 침대 곁에 무릎을 꿇더니 내 이마에 입을 맞추었다. 나는 그녀의 치마 밑으로 보이는 다리에 손을 얹었다……. 지치긴 했지만 고통스럽진 않았다. 문 두드리는 소리가 나더니 늙은 하녀가 대답도 기다리지 않고 들어왔다. 크세니가 재빨리 일어났다. 그녀는 그림을 보는 척했는데, 미친 여자 아니, 심지어 바보 같았다. 하녀 역시 바보처럼 보였다. 하녀는 체온계와 수프가 담긴 잔을 들고 있었다. 늙은 하녀의 어리석음에 우울해지면서 나는 완전히 탈진 상태가 되었다. 조금 전까지만 해도 내

손 아래 있던 크세니의 벌거벗은 넓적다리는 흥분하지 않고 침착했으나, 지금은 모든 게 불안정하게 흔들렸다. 내 기억 자체가 비틀거렸다. 현실이 산산조각나버렸다. 남아 있는 것은 열기뿐이었고, 내 몸의 열기는 내 생명을 소진시키고 있었다. 체온계를 직접 내 안으로 넣었다. 크세니에게 돌아 있으라고 말할 기운도 없었다. 하녀는 나갔다. 크세니는 체온계가 들어갈 때까지 내가 이불 밑을 뒤적거리는 모습을 바보처럼 쳐다보았다. 그 불쌍한 여자는 나를 보고 웃으려고 한 것 같으나, 웃고 싶다는 욕망이 결국 그녀에게 심한 고통을 안겨준 것 같았다. 정신나간 사람처럼 보였다. 일그러진 표정, 흐트러진 머리, 새빨간 얼굴로 내 앞에 서 있었다. 성적性的으로 불안한 표정이 그녀의 얼굴에 뚜렷하게 떠올랐다.

열은 전날보다 더 높았다. 아랑곳하지 않았다. 나는 미소짓고 있었지만, 그 미소는 확실히 악의적인 것이었다. 내 곁에 있는 사람이 어떤 표정을 지어야 할지 몰라 하는 모습을 지켜보는 것은 정말이지 고통스러운 일이었다. 이번에는 장모가 내 체온이 몇 도인지 보려고 들어왔다. 나는 대답하지 않고, 대신 크세니가 머물면서 나를 돌봐주기로 했다는 이야기를 했다. 장모도 크세니는 오래 전부터 알고 있었다. 크세니가 원하면 에디트 방에서 잘 수도 있을 것이다. 나는 혐오스럽게 그렇게 이야기 했고, 그러고 나서는 두 여자를 쳐다보며 심술궂게 웃었다.

장모는 내가 자기 딸에게 온갖 못된 짓을 저질렀다며 나를 미워했다. 게다가 예의에 어긋나는 내 행동을 볼 때마다 화를 냈다. 그녀가 물었다.

"자넨 내가 에디트에게 돌아오라고 전보치는 걸 바라지 않겠지?"

나는 불리한 상황일수록 더 냉정하게 통제를 잘하는 사람처럼 무관심하게 쉰 목소리로 대답했다.

"예, 바라지 않습니다. 크세니가 원한다면 여기서 잘 수 있겠지요?"

크세니는 서서 덜덜 떠는 듯했다. 그녀는 울지 않으려고 아랫입술을 깨물었다. 장모는 우스꽝스러워 보였고, 얼굴은 잔뜩 꾸며낸 표정이었다. 그녀의 멍한 두 눈은 마음의 동요로 심하게 흔들렸는데, 그것은 그녀의 태연한 자세와 영 어울리지 않았다.

결국 크세니가 소지품을 찾으러 가야겠다고 더듬거리며 말했다. 그녀는 내게 눈길 한 번 주지 않고 한 마디 말도 없이 방을 떠났지만, 나는 그녀가 흐느낌을 억누르고 있다는 걸 눈치챘다.

나는 웃으며 장모에게 말했다.

"꺼질 테면 꺼지라지 뭐!"

장모는 크세니를 배웅하러 문으로 달려갔다. 크세니가 내 말을 들었는지 안 들었는지 그건 알 수 없었다.

나는 모든 사람들에게 짓밟히는 쓰레기였고, 내 자신의 악의에 운명의 악의가 덧씌워져 있었다. 언제나 불행을 내 머리 위로 불러들였고, 이제 여기서 죽어가고 있었다. 외로웠고 비겁했다. 나는 내 소식을 에디트에게 알리지 못하게 했다. 이제 결코 그녀를 품에 안을 수 없음을 깨닫는 순간 나는 가슴에 검은 구멍 하나가 뚫리는 걸 느꼈다. 나는 상냥하게 우리 아이들을 불렀다. 그들은 오지 않으리라. 장모와 늙은 하녀가 내 옆에 있었다. 두 여자는 얼굴을 잔뜩 찡그린 채 시신을 씻고, 시신의 입이 우스꽝스럽게 열리지 않도록 끈으로 묶고 있었다. 나는 점점 더 화가 났다. 장모가 캠퍼Camphor 주사를 놓는데 주삿바늘이 무더서 굉장히 아팠다. 그건 아무것도 아니었다. 내가 유일하게 기대했던 것 역시 그 더럽고 하찮은 시련만 아니라면 아무것도 아니었다. 그러고 나자 모든 것이, 심지어 고통까지도 사라졌다. 내 마음속에 자리잡고 있던 고통은 혼란스러운 삶의 자취였다……. 뭔가 공허한 것, 어두운 것, 적대적이고 거대한 것—더는 내가 아닌 어떤 것—이 예감되었다. 의사들이 도착했고, 나는 여전히 탈진 상태였다. 의사들은 마음대로 내 심장 박동 소리를 듣고 몸 구석구석을 만졌다. 내가 해야 할 일은 고통과 혐오와 굴욕을 견디는 것, 예상보다 훨씬 더 오랫동안 견디는 것뿐이었다. 의사들은 입을 열지 않았다. 그들은 내게서 무의미한 약속을 받아내려 애쓰지도 않았다. 그들은 다음 날 아침 다시 들르기로 했으나, 나는 해야 할 일이 있었다. 아내에게 전보를 쳐야 했다. 더는 거부할 수 없는 상황이었다.

6

햇빛이 내 방으로 쏟아졌다. 열린 창문으로 쏟아져들어온 햇빛은 빨갛고 빛나는 내 침대 커버를 뒤덮었다. 그날 아침 어느 오페레타 여배우가 자기 집 창문을 열어놓은 채 목청껏 노래를 불렀다. 나는 탈진 상태이긴 했지만 그것이 오펜바흐의 〈파리의 생활〉 중 한 곡이라는 건 알 수 있었다. 둥둥 북이 울리듯 곡이 절정을 향해 치닫더니, 젊은 그녀의 목에서 즐거움으로 넘쳐 터져나왔다.

아름다운 여인이여 기억하오?
프라스카타 남작이며,
폴 스타니스라스라 불리는 한 남자를.

그때 나는 내 머릿속으로 돌진해들어와 불행으로 이끄는 어느 질문에 대한 조소 섞인 대답을 들은 것 같았다. 그 아름다운 바보(나는 예전에 그 여배우를 언뜻 본 적이 있었고, 그녀에게 욕정을 품기까지 했다)는 격렬한 환희에 복받쳐오르는 듯 노래를 계속했다.

지난 계절, 누군가 내 간청을 들어

성대한 무도회에서 당신에게 날 소개했지요!

내가 당신을 사랑했음은 말할 필요도 없습니다.

당신은 나를 사랑했습니까? 난 한 순간도 믿지 않았지요.

이렇게 쓰다 보니 격렬한 환희가 내 머리로 뜨거운 피를 미친 듯 솟구치게 해서, 나 역시 노래가 부르고 싶어졌다.

그날(내 곁에 머물며 지켜주기로 했지만, 내 태도에 절망한) 크세니는 그 햇빛 쏟아지는 방으로 갔다. 그녀가 욕실에 틀어놓은 물소리가 들렸다. 이 처녀는 아마도 내 마지막 말의 의미를 이해하지 못했을 것이다. 그 말을 한 게 후회스럽진 않았다. 나는 장모보다 그녀가 더 좋았다. 최소한 그녀를 통해 잠시나마 기분 전환을 할 수 있으니까……. 어쩌면 그녀에게 변기를 갖다 달라고 부탁해야 될지도 모른다는 생각에 난 갑자기 냉담해졌다. 그녀에게 혐오감을 주는 것쯤이야 아무렇지 않았지만, 내 상황이 부끄러웠다. 아름다운 여자의 도움을 받아 침대에서 악취를 풍기며 그짓을 하게 되다니, 나는 기가 꺾여버렸다(그 순간 죽음이 나를 공포스러울 정도로 구역나게 했다. 그렇지만 죽음은 내가 항상 갈망했던 것이다). 전날 밤 크세니는 여행가방을 들고 다시 돌아와 내 방으로 들어오려고 했다. 나는 얼굴을 찌푸리고 이를 악문 채 투덜댔다. 나는 한 마디도 할 수 없을 만큼 완전히 지친 척을 했다. 짜증이 난 나는 결국 자제력을 잃고 얼굴을 찡그리며 그녀에게 대답했다. 그녀는 아무것도 알아채지 못했다. 그녀는 나에게 연인의 정성이 필요하다며 계속 방으로 들어오겠다고 했다. 그녀가 노크했을 때 나는 겨우 일어나 앉을 수 있었다(잠시나마 몸이 좀 나은 듯했다). 나는 다 나은 듯 연기하며 차분하고 엄숙한 목소리로 대답했다.

"들어와!"

나는 그녀를 보자마자 실망스럽다는 듯 목소리를 낮추어 비극적이면서도 희극적인 어조로 덧붙였다.

"아니, 죽음의 여신이 아니잖아……. 그저 가엾은 크세니일 뿐……."

매력적인 처녀는 눈을 크게 뜨고 자신의 연인이라는 사람을 쳐다보았다. 그녀는 어떻게 해야 할지 몰라서 침대 앞에 무릎을 꿇었다.

그녀가 낮은 목소리로 외쳤다.

"당신은 왜 그렇게 잔인해? 나는 정말 당신이 건강해지도록 돕고 싶단 말이야."

"지금 당장은 면도하는 거나 좀 도와줬으면 좋겠군."

나는 의례적으로 상냥하게 대답했다.

"당신 피곤하지 않아? 그냥 누워 있을 수는 없나?"

"면도도 하지 않고 죽은 사람은 보기에 좋지 않아."

"왜 굳이 내 마음을 더 아프게 하려고 하는 거야? 당신은 죽지 않을 거야. 아니, 죽을 리 없어……."

"내가 그동안 겪은 시련을 생각해봐. 사람들이 제때 미리미리 생각할 수 있다면…… 만약 내가 죽으면 당신은 내게 입을 맞출 수 있을 거야. 난 더는 고통스러워하지 않을 테고, 역겨워 보이지도 않을 거야. 난 완전히 당신 소유가 될 거야……."

"앙리! 당신은 내게 너무 끔찍한 고통을 주고 있어. 난 우리 중 누가 진짜 아픈 건지 모르겠어……. 죽게 될 사람은 당신이 아니라 나야. 그럴 거야. 당신이 나를 죽음의 문턱까지 데려갔기 때문에 난 절대 빠져나오지 못할 거야."

시간이 흘렀다. 나는 멍해졌다.

"당신 말이 맞아. 난 너무 지쳐서 도움을 받는다 해도 혼자 면도하긴 힘들어. 이발사에게 전화를 해야겠어. 크세니, 내가 당신에게 내 시신에 입을 맞출 수 있을 거라고 말해도 화내면 안 돼……. 어쩌면 난 나를 위해 그런 말을 하는 건지도 모르니까. 당신도 알다시피 난 시체에 별난 기호를 갖고 있잖아……."

크세니는 여전히 침대 옆에서 무릎을 꿇은 채 혼란스러운 표정으로 내가 미소짓는 걸 바라보고 있었다.

그녀가 고개를 숙이며 낮은 목소리로 물었다.

"무슨 말이 하고 싶은 거예요? 부탁이에요. 다 이야기해줘요. 무서우니까…… 너무 무서우니까……."

나는 웃었다. 그러고 나서 라자르에게 했던 것과 똑같은 이야기를 그녀에게 하려고 했다. 하지만 그때보다 더 이상했다. 불현듯 내 꿈이 생각났다. 살면서 사랑했던 것이 달빛을 받는, 희미한 불빛을 받는 묘지처럼 눈부신 빛 속에서 불쑥 나타난 것이다. 사실 묘지는 사창가였다. 묘지의 대리석은 살아 있었고, 군데군데 털이 나 있었다…….

나는 크세니를 바라보았다. 어린애처럼 두려워하며 생각했다. 어머니 같다! 크세니는 눈에 띄게 고통스러워했다. 그녀가 말했다.

"말해…… 지금…… 말해……. 무서워. 정말 미쳐버릴 것 같아……."

나는 말을 하고 싶었으나 할 수 없었다. 애를 썼다.

"내 삶에 대한 이야기는 다음에 해야 될 것 같군."

"아니야, 지금 말해……. 그냥 아무거나 이야기해봐……. 말없이 쳐다보지만 말고……."

"우리 어머니가 돌아가셨을 때……."

이제 말할 여력이 없었다. 불현듯 생각났다. 라자르에게는 '우리 어머니'라고 말하기가 두려웠다. 나는 부끄러워하며 '어느 나이든 여자'라고 말했다.

"당신 어머니? 말해봐……."

"어머니는 낮에 죽었어……. 나는 에디트랑 어머니 집에서 잤어."

"당신 부인이랑?"

"그래, 내 아내랑. 난 끊임없이 소리내어 울었어. 나는…… 나는 밤에 잠이 든 에디트 옆에서 잤어……."

말할 기력을 다시 잃었다. 내 자신이 불쌍했다. 그럴 수만 있다면 땅바닥을 구르면서 사람 살리라고 울부짖고 고함치고 싶었다. 베개를 베고 누워 숨을 희미하고 미약하게 몰아쉬었다……. 나는 처음에는 에디트에게 말했고, 다음에는 라자르에게……. 크세니에게는 그녀의 발밑에 엎드려 용서를 구해야 했다……. 그렇게 할 수 없었지만, 나는 그녀를 진심으로 경멸했다. 어리석게도 그녀는 계속 신음소리를 내면서 애원했다.

"말해줘……. 날 불쌍히 여겨줘……. 내게 말해줘……."

"나는 몸을 바들바들 떨면서 맨발로 복도까지 걸어갔어……. 시체 앞에서 공포와 흥분으로 떨다가 극도로 흥분했지……. 최면 상태에 들어갔어……. 잠옷을 벗었어……. 그때 난……. 당신은 이해할 거야."

몸이 아팠지만 나는 미소지었다. 극도로 긴장한 크세니는 내 앞에서 고개를 숙이고 있었다. 그녀는 움직이지 않았다……. 하지만 한없이 길게 느껴지는 몇 초가 지나자 그녀는 더 참지 못하고 경련을 일으키며 쓰러졌다. 기력이 없던 그녀의 몸은 길게 뻗어버렸다.

정신착란을 일으킨 나는 이렇게 생각했다. 저 여자는 역겨우니까 때가 되면 끝장내버릴 거야. 나는 간신히 침대 가장자리까지 갔다. 오랜 노력이 필요했다. 나는 한쪽 팔을 뻗어 그녀의 치맛단을 걷어올렸다. 그녀는 끔찍한 고함을 질렀으나 움직이지는 않았다. 그녀는 떨었다. 그녀는 뺨을 카펫에 갖다대고 입은 벌린 채 헐떡이고 있었다.

나는 제정신이 아닌 채로 말했다.

"당신은 내 죽음을 더 추하게 만들기 위해 여기 온 거야. 옷을 벗어, 난 사창가에서 죽은 것처럼 보일 거야."

크세니는 양손을 집고 일어서더니, 열렬하고 나지막한 목소리를 되찾고는 말했다.

"지금은 연극을 계속하고 있지만, 당신은 이 연극이 어떻게 끝날지 알고 있을 거야."

그녀는 몸을 일으키더니 천천히 걸어가 창가에 걸터앉았다. 그녀는 몸을 떨지 않고 나를 바라보았다.

"자, 내 몸이…… 뒤로 떨어질 거야."

그녀는 허공으로 곧 떨어질 듯한 자세를 취했다.

내가 역겨운 인간이기는 했지만, 그런 그녀를 보자 고통스러웠고, 내 마음속에서 무너져내리고 있는 모든 것에 현기증이 났다. 몸을 일으켰다. 숨이 막혔다. 나는 말했다.

"이리 돌아와. 당신은 잘 알고 있어. 만약 내가 당신을 사랑하지 않았다면 내가 그렇게까지 가혹하게 굴지는 않았을 거라는 사실을 말이야. 아마 나는 고통을 좀더 맛보고 싶었나봐."

그녀는 서두르지 않고 천천히 내려왔다. 피로에 절은 얼굴은 초췌했고 꼭 정신나간 사람 같았다.

나는 저 여자에게 크라카토아 이야기를 해줘야지, 하고 생각했다. 머릿속에 구멍이 뚫려서 내가 생각했던 모든 것이 빠져나가버린 모양이었다. 무슨 이야기인가를 하려고 했지만, 도대체 떠오르는 말이 없었다……. 늙은 하녀는 크세니의 아침식사를 쟁반에 차려서 들고 들어왔다. 그녀는 쟁반을 작은 테이블 위에 내려놓았다. 그러고는 곧바로 내게 오렌지 주스를 큰 컵으로 주었다. 하지만 나는 잇몸과 혀에 염증이 생겨 주스를 마시는 게 꺼려졌다. 크세니는 자기 컵에 뜨거운 우유와 커피를 따랐다. 나는 주스를 마시려고 컵을 들었으나 결정을 내릴 수 없었다. 그녀는 내가 안절부절못하고 있는 것을 보았다. 나는 손에 컵을 들었지만 마시지는 않았다. 그것은 분명히 난센스였다. 크세니는 눈치를 채고 즉시 내 손에서 컵을 빼앗으려고 했다. 그녀는 너무 서둘다가 일어나면서 테이블과 쟁반을 엎고 말았다. 식기 깨지는 소리와 함께 모든 것이 무너지며 떨어졌다. 그 순간 그 불쌍한 처녀가 가장 기본적인 반사신경만 갖고 있었다면 쉽게 유리창을 뛰어넘었을 것이다. 내 머리맡에 자리 잡은 그녀의 존재는 일 분 일 분이 지날 때마다 더 우스꽝스러워졌다. 그녀는 자신의 존재가 정당화될 수 없다고 생각했다. 그녀는 몸을 숙이더니 여기저기 흩어진 깨진 조각들을 주워 쟁반 위에 올렸다. 이런 식으로 자기 얼굴을 숨겼기 때문에 나는 그녀의 얼굴에서 일그러진 고뇌를 볼 수 없었다(하지만 짐작은 할 수 있었다). 마침내 그녀는 목욕수건으로 커피에 젖은 카펫을 닦았다. 나는 하녀를 불러 식사를 다시 가져오도록 했다. 크세니는 고개도 들지 않았고 대꾸도 하지 않았다. 나는 그녀가 하녀에게 아무것도 시킬 수 없으리란 걸 알고 있었다. 어쨌든 아무것도 먹지 않고 마냥 그러고 있을 수는 없는 노릇이었다.

나는 그녀에게 말했다.

“찬장을 열어봐. 철제 상자 속에 과자가 있을 거야. 새것이나 다름없는 샴페인도 한 병 있을 거고. 미지근하긴 하지만 원한다면…….”

그녀는 찬장을 열고 등을 돌린 채 과자를 먹기 시작하더니, 목이 말랐는지 샴페인을 한 잔 따라서 마셨다. 재빠르게 과자를 또 먹더니 샴페인을 한 잔 더 채우고는 찬장을 닫았다. 그녀는 다시 주변을 정리했다. 그러고는 뭘 해야 할지 몰라서 쩔쩔맸다. 나는 캠퍼 주사를 맞아야 한다고 말했다. 그녀는 준비하러 욕실로 들어갔다가 필요한 걸 부탁하러 부엌으로 갔다. 잠시 후 그녀는 주사기를 갖고 다시 나타났다. 간신히 배를 깔고 누운 나는 잠옷 바지를 내리고 엉덩이를 내밀었다. 그녀는 어떻게 주사를 놓는지 모른다고 말했다.

“그럼 당신은 날 아프게 할 거야. 장모한테 부탁하는 게 낫겠군…….”

나는 그녀에게 말했다.

그녀는 지체 없이 과감하게 바늘을 꽂았다. 누구도 그보다 더 잘할 수는 없을 것이다. 내 엉덩이에 바늘을 꽂은 그 처녀의 존재에 나는 당황했다. 겨우 돌아누울 수 있었다. 수치심은 느껴지지 않았다. 그녀는 바지 올리는 걸 도와주었다. 나는 그녀가 계속 샴페인을 마시기를 바랐다. 덜 아픈 것 같았다. 찬장에서 술병과 술잔을 꺼내 옆에 두고 마시는 게 좋지 않겠느냐고 그녀에게 말했다.

그녀는 이렇게 말했다.

"당신이 원한다면."

만약 그녀가 계속 마시면, 나는 그녀에게 누우라고 말할 것이고 그러면 그녀는 누울 것이다. 테이블을 핥으라고 하면 핥을 거야……. 나는 멋지게 죽을 거야……. 내게 역겹게 느껴지지 않는 건 아무것도 없었다. 정말 지독하게 역겨운 것들 말이다.

크세니에게 물었다.

"'나는 어떤 꽃을 꿈꾸었네'로 시작되는 노래 알아?"

"응. 왜?"

"그 노래를 불러줬으면 좋겠어. 싸구려 샴페인이긴 하지만, 그걸 마실 수 있는 당신이 부러워. 조금 더 마셔. 이 병은 다 비워야지."

"당신이 원한다면."

그녀는 천천히 마셨다. 나는 계속 말했다.

"노래는 왜 안 하는 거야?"

"왜 꼭 그 노래야?"

"왜냐하면……."

"아, 괜찮아요. 그거든 아니든 상관없어요……."

"당신은 노래를 부를 거야, 안 그래? 당신 손에 입맞추고 싶어. 당신은 정말 멋진 여자야."

그녀는 체념하고 노래를 불렀다. 빈손으로 서서, 두 눈은 카펫을 주시하고 있었다.

나는 어떤 꽃을 꿈꾸었네.

결코 시들지 않는 꽃.

나는 사랑을 꿈꾸었네.

그 사랑은 영원히 계속되리.

그녀의 낮은 목소리는 깊은 감동과 함께 점점 커지면서 마지막 단어들을 짧게 끊어내더니 결국은 비통한 권태를 불러일으키며 끝이 났다.

> 아아! 어이하여 이 세상에서는
> 꽃과 행복이 하루밖에 지속되지 않는 것일까…….

난 다시 말했다.

"당신이 날 위해 할 수 있는 일이 뭔가 있을 거야."

"당신이 원한다면 무슨 일이든지 할게."

"벌거벗고 노래를 불렀더라면 멋졌을 텐데."

"벌거벗고?"

"조금 더 마시라고. 문은 열쇠로 걸어잠그면 돼. 내 옆에 자리를 마련해주지. 자, 이제 옷을 벗어."

"하지만 이건 분별 있는 행동이 아닌걸."

"당신이 그러겠다고 했잖아. 내가 하자는 대로 해."

나는 그녀를 사랑하기라도 하는 것처럼 아무 말 없이 그녀를 바라보았다. 그녀는 천천히 술을 더 마시며 나를 바라보았다.

그러고는 드레스를 벗었다. 주저 없이 속옷까지 벗었다. 나는 그 방 한쪽 모퉁이에 걸려 있는 옷가지들 중 아내의 잠옷을 가져오라고 했다. 만약 누가 올 경우에 재빨리 걸칠 수 있도록 대비하기 위해서였다. 스타킹과 구두는 신고 있을 테니까. 방금 벗어놓은 드레스와 속옷은 숨길 것이다.

나는 다시 말했다.

"한 번 더 노래를 불러줬으면 좋겠어. 그러고 나서 내 옆에 누워."

나는 그녀의 몸이 얼굴보다 더 예쁘고 생기 있다는 사실에 당황했다. 특히 알몸에 스타킹만 신고 있는 그녀의 모습은 내 뇌리에 깊숙이 박혔다.

그녀에게 다시 말했다. 거의 들릴까 말까 한 소리였다. 일종의 애원이었다. 나는 그녀를 향해 몸을 숙였다. 떨리는 목소리로 불타는 사랑을 가장했다.

"부탁이야. 서서 노래해. 목청껏 노래해……."

"당신이 원한다면."

사랑 때문에, 그리고 벌거벗었다는 생각 때문에 마음이 흔들리는 탓인지 그녀의 목소리는 목구멍 속으로 가라앉았다. 선율

이 방 안에 달콤하게 울려퍼졌고, 그녀의 전신은 불타오르는 것 같았다. 충동, 망상이 그녀를 파괴했고, 노래하는 그녀는 술에 취한 머리를 흔들었다. 오, 그녀는 완전히 미쳐버렸다! 미친 여자처럼 벌거벗은 그녀는 울면서 내 침대—내가 죽음의 침대라고 생각했던—로 다가왔다. 그녀는 내 앞에 무릎을 꿇고 고개를 숙여 시트 속으로 눈물을 감췄다. 그녀에게 말했다.

"내 곁에 누워. 그리고 이제 울지 마……."

"나 취했어."

그녀는 그렇게 대답했다.

테이블 위 술병은 이미 다 비었다. 그녀는 구두를 신은 채 침대 위에 엎드려 있었다. 엉덩이는 쳐든 채 베개에 머리를 파묻고 있었다. 보통 밤에만 낼 수 있는 감미로운 목소리로 그녀의 귀에 속삭인다는 게 얼마나 야릇한 일인지.

나는 나지막한 목소리로 말했다.

"이젠 울지 마. 난 당신이 미친 것처럼 행동하도록 해야 해. 그래야 내가 죽지 않아."

"당신은 죽지 않을 거야. 당신, 그 말 사실이지?"

"죽고 싶지 않아. 당신이랑 살고 싶어……. 당신이 창가에 앉는 순간 난 죽음이 두려워졌어. 빈 창문을 생각했지……. 너무 무서웠어……. 당신…… 그리고 나…… 두 주검…… 그리고 빈 방……."

"기다려. 원하면 창문을 닫을게."

"그럴 필요 없어. 가까이 와……. 당신의 숨결을 느끼고 싶어."

가까이 다가온 그녀의 입에서 술냄새가 났다.

그녀가 말했다.

"당신 몸이 몹시 뜨거워."

나는 다시 말했다.

"몸이 더 안 좋아진 것 같아. 죽는 게 무서워……. 지금까지는 죽음의 공포에 사로잡혀 살았는데, 이제는…… 저 열린 창문을 보고 싶지 않아. 현기증이 나……. 그래."

크세니가 즉시 달려갔다.

"창문만 닫고 돌아와……. 빨리 돌아와……."

모든 게 다 혼란스러웠다. 때로 저항할 수 없는 잠이 모든 것을 압도하는 법. 말은 필요가 없다. 꿈속에서처럼 문장은 이미 죽었고 무기력하다…….

나는 더듬더듬 말했다.

"그는 들어올 수 없어……."

"누가 들어온다는 거야?"

"무서워……."

"뭐가 무섭다는 거죠?"

"……프라스카다가……."

"프라스카다라고?"

"난 꿈을 꾸고 있었어. 다른 사람이 있어……."

"당신 아내는 아닐 테고……."

"에디트는 올 수 없어……. 너무 일러……."

"그럼, 앙리 당신 지금 누구 얘길 하는 거야? 말해봐……. 난 미쳐버릴 것 같아……. 너무 많이 마셨거든……."

고통스러운 침묵이 흐른 뒤 내가 말했다.

"아무도 오지 않아!"

굴곡이 심하게 진 그림자 하나가 햇빛 비치는 하늘에서 느닷없이 떨어졌다. 그림자는 창틀에서 탕 소리를 내면서 흔들렸다. 긴장한 나는 몸을 떨며 웅크렸다. 그것은 위층에서 내던진 카펫이었다. 한순간 나는 몸을 떨었다. 나는 멍한 상태에서 '기사'라고 불렀던 사람이 들어왔다고 생각했다. 그는 내가 초대할 때마다 왔다. 크세니까지 두려움에 떨었다. 그녀 역시 나처럼 뛰어내리려는 생각과 함께, 앉아 있던 창문을 두려워했다. 카펫이 느닷없이 날아들었을 때 그녀는 소리를 지르지 않았다……. 그녀는 다리를 웅크린 채 내게 몸을 기대고 누워 있었는데, 안색은 창백했고 눈이 꼭 미친 여자 같았다.

나는 당황했다.

"너무 어두워……."

크세니는 내 옆에 누웠다……. 그때 그녀는 죽은 사람의 모습을 하고 있었다……. 벌거벗고 있었다……. 젖가슴은 창녀의 그것처럼 핏기가 없었다……. 검댕투성이의 구름이 하늘을 더럽히고 있었다……. 구름은 내게서 하늘과 빛을 훔쳐갔다……. 나는 시체 옆에서 죽을 것인가?

나로서는 이 희극조차 이해할 수 없었다……. 그것은 그냥 희극일 뿐이었다……….

3장
안토니오 이야기

1

수주일 뒤, 나는 내가 아팠다는 사실조차 잊어버렸다. 바르셀로나에서 미셸을 만났다. 문득 눈을 들어 보니 그가 내 앞에 있었다. 그는 크리올라의 테이블에 앉아 있었다. 라자르는 그에게 내가 언제 죽을지 모른다고 말했다. 미셸의 말은 내게 고통스러웠던 과거를 다시 상기시켰다.

코냑 한 병을 주문했다. 나는 미셸의 잔에 먼저 술을 따라주고 나서 마시기 시작했다. 얼마 지나지 않아 취기가 올랐다. 크리올라에서 쇼가 공연된다는 사실은 이미 전부터 알고 있었다. 크리올라가 매혹적인 장소라는 생각은 들지 않았다. 여자 옷을 입은 한 소년이 플로어 위에서 춤을 추고 있었다. 그는 엉덩이까지 파인 파티복을 입었다. 플라멩코 춤의 발뒤꿈치 소리가 마룻바닥을 울렸다…….

몸이 정말 불편했다. 미셸을 보았다. 그는 방탕함에 익숙하지 않았다. 미셸은 취할수록 행동이 더 어색해졌다. 의자에 앉아 안절부절못하고 있었다.

나는 더는 참을 수 없었다. 그에게 말했다.

"라자르가 이런 술집에…… 앉아 있는 자네 모습을 봤으면 좋았을 텐데!"

그가 깜짝 놀라서 내 말을 가로막았다.

"하지만 라자르도 크리올라에 자주 왔다네."

나는 의표를 찔린 듯 당황하며 미셸 쪽으로 고개를 돌렸다.

"맞아. 작년에 라자르는 바르셀로나에 머무르면서 크리올라에서 자주 밤을 새웠지. 그게 그렇게 놀라운 일인가?"

크리올라는 사실 바르셀로나에서도 가장 유명한 명소 중 한 곳이었다.

그럼에도 불구하고 나는 미셸이 농담한다고 생각했다. 나는 그에게 그건 우스꽝스러운 농담이라고 했다. 라자르만 생각하면 나는 몸이 아팠다. 참았던 분노가 치밀어올랐다.

나는 소리를 질렀다. 미쳐버렸다. 술병을 손에 집어들었다.

"미셸, 만일 내 앞에 라자르가 있었다면 죽여버렸을 거야."

또 다른 무용수—또 다른 소녀 같은 소년 무용수—가 갈채와 폭소 속에 플로어에 등장했다. 그는 금발의 가발을 쓰고 있었다. 그는 잘생기고 흉측하고 우스웠다.

"그 여자를 때리고 싶어……."

너무 터무니없는 이야기에 미셸이 자리에서 일어나 내 팔을 잡았다. 그는 두려워하고 있었다. 내가 사리 분별 능력을 완전히 잃었기 때문이었다. 그 역시 술에 취해 있었다. 그는 뭐가 뭔지 모르겠다는 표정으로 다시 의자에 앉았다.

나는 머리 모양이 태양처럼 생긴 무용수를 바라보면서 마음을 안정시켰다.

미셸이 소리쳤다.

"잘못된 행동을 한 건 라자르가 아냐. 그녀는 오히려 자네가 자신을 심하게 학대했다고 했어."

"그 여자가 자네한테 그런 말을 했군."

"하지만 그 여자는 자넬 원망하지 않아."

"그 여자가 크리올라에 왔었다는 말은 이제 하지 말게. 크리올라의 라자르라……."

"나와 여기 여러 번 왔었다네. 이곳에 흥미를 느끼고 있었으니까. 그 여자는 여기를 떠나고 싶어하지 않았어. 깜짝 놀란 것 같아. 자네에게 들었던 욕설에 대해서는 단 한 마디도 언급하지 않았다네."

나는 웬만큼 안정을 찾았다.

"그 얘기는 나중에 다시 하기로 하세. 그 여자는 내가 다 죽어가고 있을 때 나를 찾아왔지. 날 원망하지 않는다고……? 난 그 여자를 절대 용서하지 않을 거야. 절대로! 내 말 알아듣겠나? 어쨌든 그 여자가 뭐하러 크리올라에 왔었는지 말해주겠나?"

지금 여기 내가 있는 곳에서 형편없는 쇼를 보고 앉아 있었을 라자르의 모습은 도무지 상상되지 않았다. 나는 정신이 멍해졌다. 뭔가를, 조금 전까지만 해도 알고 있었고, 반드시 기억해야 할 뭔가를 잊어버린 느낌이었다. 더 철저하게, 더 크게 외치고 싶었다. 나는 무력했다. 만취 상태가 되었던 것이다.

무엇인가에 골몰하자 미셸은 더 어색해졌다. 그는 땀을 흘렸고, 불쌍해 보였다. 그는 생각하면 할수록 모든 것이 자신의 능력에서 벗어난다고 느꼈다.

그가 말했다.

"난 그 여자 손목을 비틀어버리고 싶었어."

"……."

"언젠가…… 바로 여기서……."

나는 무엇인가에 짓눌려 금방이라도 터져버릴 것 같았다.

미셸은 그렇게 흥분한 와중에도 웃음을 터뜨렸다.

"자넨 그 여자를 몰라! 그 여자는 침을 놓아달라고 했어. 자넨 그 여자를 몰라! 견디기 힘든 여자야……."

"침을 왜?"

"자신을 단련시키기 위해서라고 하더군……."

나는 외쳤다.

"왜 자신을 단련시킨다는 거지?"

미셸은 더 크게 웃었다.

"고문을 견뎌내려고……."

그는 진지함을 되찾았다. 다급해 보였고, 바보 같아 보였다. 그가 서둘러 이야기를 시작했다. 몹시 화가 나 있었다.

"자네가 꼭 알아둬야 할 게 또 있네. 자네도 알다시피 라자르는 자기 말을 듣는 사람들을 매혹시키는 여자라네. 그들은 그 여자가 이 세상 사람이 아니라고 생각하지. 그녀를 거북하게 생각하는 이곳 사람들, 노동자들은 라자르에게 감탄했지. 그래서 그들은 크리올라에서 그녀를 가끔 만났던 거야. 그 여자가 여기 크리올라에 앉아 있으면 꼭 유령처럼 보였다네. 같은 테이블에 앉아 있던 친구들도 무서워했을 정도니까. 그들은 그녀가 여기 와 있다는 사실을 납득할 수가 없었어. 어느 날 그들 중 하나가 화를 내며 술을 마시기 시작했지……. 그 사람은 제정신이 아니었어. 자네처럼 술을 한 병 주문하더니 연거푸 들이마시더군. 나는 그가 라자르와 함께 잘지도 모른다고 생각했어. 틀림없이 그 사람은 그 여자를 죽일 수도, 그녀를 위해 죽고 싶어했을 수도 있지만, 절대 함께 자자는 말은 하지 못했을 거야. 그 사람은 그 여자가 매력적이라고 생각했어. 내가 그녀의 추함에 대해 이야기했어도 이해하지 못했을 거야. 하지만 그 사람은 라자르를 성녀로 생각했어. 그 여자는 성녀로 남아 있어야 했지. 안토니오라는 젊은 기계공 남자였어."

나는 그 젊은 노동자가 했던 대로 했다. 내가 잔을 비우자 술을 입에 대지도 않던 미셸도 나와 보조를 맞추었다. 그는 극도의 흥분 상태가 되었다. 내 앞에는 눈부신 불빛 아래의 공백이, 우리가 이해할 수 없는 과잉이 존재하고 있었다.

미셸이 관자놀이의 땀을 닦았다. 그는 말을 계속했다.

"라자르는 그가 술을 마시는 걸 보자 화가 나는 모양이더군. 그 여자는 기계공의 눈을 똑바로 쳐다보면서 말했지. '오늘 아침 당신에게 서명하라고 종이를 건넸는데 당신은 읽어보지도 않고 서명했더군요.' 그녀는 빈정대는 기색은 조금도 없이 그렇게 말했어. 안토니오가 대답했지. '그거야 어쨌든 상관없는 것 아닙니까?' 라자르가 대꾸했어. '하지만 만약 내가 파시스트 서약서에 서명하게 했더라면 어쩔 거예요?' 이번에는 안토니오가 라자르를 똑바로 쳐다보더군. 그는 매혹당했지만 흥분해 있었어. 그가 침착하게 대답했지. '당신을 죽였을 거요.' 라자르가 대답했어. '당신 주머니에 권총 가지고 있나요?' 그가 대답했다네. '그렇소.' 라자르가 말했어. '우리 나가요.' 그들은 증인을 원했지."

결국 나는 숨 쉬기가 힘들어졌다. 나는 열의가 식어버린 미셸에게 꾸물대지 말고 계속 이야기하라고 부탁했다. 다시 그는 이마의 땀을 닦았다.

"우리는 바닷가의 계단이 있는 곳으로 갔어. 동이 트고 있더군. 우리는 아무 말 없이 걸었지. 난 어리둥절했어. 안토니오는 차가운 분노에 휩싸여 있었지만 술에 절어 있었고, 라자르는 죽은 사람처럼 멍하고 평온한 표정이었거든……."

"그렇다면 그건 장난이었나?"

"장난이 아니었어. 난 그냥 내버려뒀어. 내가 그때 왜 그렇게 불안했는지 지금도 모르겠어. 바닷가에 도착한 라자르와 안토니오는 계단 가장 낮은 층계에 섰어. 라자르는 안토니오에게 권총을 꺼내서 자기 가슴에 대고 쏘라고 했지."

"안토니오가 그렇게 했어?"

"그 친구 역시 정신이 나간 것 같더군. 주머니에서 권총을 꺼내 장전하더니 라자르의 가슴에 갖다대더라고."

"그래서 어떻게 됐나?"

"라자르가 물었지. '안 쏠 거예요?' 그는 아무 대답없이 잠시 동안 꼼짝 않고 있었어. 결국 그는 '그래요'라고 대답하더니 권총을 거두었다네."

"그게 전부야?"

"안토니오는 몹시 지쳐 보이더군. 안색도 창백했고, 날이 추워서 몸을 떨기 시작했지. 라자르가 총을 집어들더니 첫 번째 탄약통을 빼냈다네. 탄약통은 총신에 들어 있었는데, 그 여자는 그걸 가슴에 갖다대면서 안토니오에게 '이거 나 줘요'라고 했어. 기념으로 간직하고 싶었던 거야."

"안토니오가 그걸 줬나?"

"안토니오는 '마음대로 해'라고 말했어. 여자는 핸드백 속에 탄약통을 집어넣었지."

미셸이 입을 다물었다. 그는 그 어느 때보다도 불편해 보였다. 나는 우유에 빠진 파리를 생각했다. 그는 웃어야 할지 화를 내야 할지를 모르고 있었다. 그는 우유 속의 파리, 혹은 수영에 서툴러서 물을 먹는 사람과 흡사했다……. 그는 술을 못 견뎌하며, 눈물을 흘리려는 듯했다. 그는 음악 소리에 맞춰 이상한 몸짓을 했다.

"이보다 더 우스운 이야기가 어디 있겠나?"

그가 이렇게 덧붙였다.

이마에서 땀이 줄줄 흐르자 그의 몸짓은 더 빨라졌다.

2

나는 이 이야기를 듣고 놀랐다.

우리가 취하지는 않았지만 필사적으로 주의를 기울여야 한다는 듯 — 어찌됐든 우리 정신은 맑았다 — 나는 다시 미셸에게 물었다.

"안토니오가 어떤 사람이었는지 말해줄 수 있나?"

미셸이 비슷하게 생겼다며 옆 테이블에 앉아 있는 한 소년을 가리켰다.

"안토니오? 다혈질이었던 것 같아……. 보름 전에 체포됐지. 선동자라는 이유로 말이야."

나는 가능한 한 엄숙하게 다시 물었다.

"바르셀로나의 정치 상황이 어떤지 말해줄 수 있겠나? 난 아무것도 모르고 있거든."

"모든 게 다 폭발해버리고 말 거야……."

"왜 라자르는 오지 않는 거지?"

"우리도 이제나 저제나 기다리고 있다네."

그렇다면 라자르는 소요에 가담하기 위해서 바르셀로나로 올 것이다.

내 탈진 증세는 견딜 수 없을 정도였다. 만약 미셸이 없었더라면 그날 밤 좋지 않은 일이 일어났을지도 모른다.

미셸 자신도 혼란스러웠으나 일단 나를 다시 자리에 앉혔다. 쉬운 일은 아니었지만 나는 일 년 전 그 의자 중 하나에 앉아 있던 라자르의 말투를 생각해내려고 애썼다.

라자르는 은밀한 말투로 언제나 차분하고 느릿느릿하게 말을 했다. 내가 들었던 느린 템포의 말들을 생각하면 웃음이 절로 났다. 나는 안토니오가 되고 싶었다. 그랬더라면 그녀를 죽였을 것이다……. 어쩌면 내가 라자르를 사랑하는 것인지도 모른다는 생각이 들었다. 순간 나는 고함을 내질렀으나, 그 소리는 왁자지껄한 소리에 묻혀버렸다. 나를 물어뜯을 수도 있을 것 같았다. 나는 권총에 대한 강박관념, 방아쇠를 당겨 그녀의 배 속에…… 그녀의 ……에 총알을 박아넣고 싶다는 욕구에 휩싸였다. 나는 꿈속에서 공포탄을 쏠 때처럼 우스꽝스러운 동작으로 허공으로 떨어질 것 같았다.

나는 지칠 대로 지쳤다. 정신을 차리려고 필사적으로 노력했다. 미셸에게 말했다.

"난 라자르가 싫어. 무서워."

앞에 앉아 있는 미셸은 아파 보였다. 자세를 바로잡으려고 초인적인 노력을 하고 있었다. 그는 희미한 미소가 절로 떠오르는 걸 어쩔 수 없었던지 두 손으로 이마를 감싸쥐었다.

"맞아. 이야기를 들어보니 자네는 그 여자를 지독하게 미워했던 모양이더군……. 그 여자는 그걸 두려워했다네. 나도 그 여자가 싫긴 해."

"자네도 그 여자를 싫어한다고? 두 달 전 그 여자는 내가 죽을지도 모른다는 생각에 내 침대로 찾아왔었네. 들어오게 했지. 그 여자는 발끝으로 걸어서 살금살금 침대로 다가왔어. 방

한가운데 서 있길래 봤더니 여전히 발끝으로 선 채 꼼짝도 않고 있더군. 들판 한가운데 꼼짝 않고 서 있는 허수아비처럼 말일세…….

가까이에서 봤더니 그 여자는 죽은 사람이라도 본 것처럼 얼굴이 창백하더군. 방 안에는 햇빛이 비치고 있었지만 라자르그 여자는 어두컴컴했어. 감옥처럼 말이야. 그녀를 유인한 건 죽음 아니었겠어? 나는 문득 그녀를 본 순간 너무 무서워서 소리를 지르고 말았다네."

"라자르는 어땠나?"

"그 여자는 말도 없고 움직이지도 않았다네. 난 욕설을 퍼부었지. 그 여자를 더러운 년으로 취급했어. 나는 그 여자에게 내가 침착하게 평정심을 유지하고 있다고 말했지만, 사실은 온몸을 바들바들 떨었다네. 말을 더듬고 침까지 흘렸지. 나는 죽는 것도 힘든 일이지만 그처럼 비열한 존재가 죽어가는 모습을 지켜보아야 한다는 것 역시 정말 견디기 힘든 일이라고 그 여자에게 말했어. 내 변기가 오물로 가득 차 있지 않아서 유감이었다네. 그 여자 얼굴에 똥이라도 던지고 싶었거든."

"그 여자가 뭐라고 하던가?"

"그 여자는 목소리를 높이지 않고, 가는 게 좋겠다고 장모에게 말했다네."

나는 계속해서 웃고 있었다. 물체가 겹쳐 보일 정도로 제정신이 아니었다.

이번에는 미셸이 큰 소리로 웃었다.

"그 여자는 떠났나?"

"떠났지. 내 침대 시트는 땀으로 흠뻑 젖어 있더군. 그 순간 나는 내가 죽는 줄 알았지. 하지만 그날 저녁쯤 고비는 넘겼다 싶더군……. 날 좀 이해해주게. 나는 그 여자에게 겁을 줘야 했어. 안 그랬다면 어떻게 됐겠나? 난 죽었을 거야!"

미셸이 몹시 지친 표정으로 일어나 앉았다. 그는 고통스러워하고 있었지만, 또 한편으로는 복수에 대한 갈증을 이제 막 해결한 사람처럼 보이기도 했다. 그가 헛소리를 했다.

"라자르는 작은 새들을 좋아해. 그 여자는 그렇게 말하지만 그건 거짓말이지. 그 여자는 거짓말을 하는 거야, 알겠나? 그 여자에게서는 무덤 냄새가 나. 난 그걸 알고 있어. 언젠가 그녀를 안아본 적이 있거든……."

미셸이 일어섰다. 안색이 창백했다. 그가 완전히 얼이 빠진 듯한 표정을 지으며 말했다.

"화장실에 가는 게 낫겠어."

나도 일어났다. 미셸은 토하러 갔다. 나는 크리올라의 온갖 고함소리를 머릿속에 담아둔 채 그 혼잡 속에서 어찌할 바를 몰랐다. 이해가 되지 않았다. 내가 소리를 지른다고 해서, 목청껏 소리를 지른다고 해서 귀를 기울이는 사람은 아무도 없으리라. 할 말이 없었다. 나는 여전히 길을 잃고 헤매는 중이었다. 나는 웃었다. 다른 사람들 얼굴에 침을 뱉고 싶었다.

4장
하늘의 푸른빛

1

잠에서 깨어나는 순간, 공포가 나를 사로잡았다. 내가 라자르 앞에 있다는 생각이 들었다. 나는 크세니에게 바르셀로나에서 만나자는 전보를 치기 위해 자리에서 일어났다. 왜 나는 그녀와 함께 자지 않고 파리를 떠났을까? 나는 앓는 내내 그녀를 그럭저럭 참아냈지만, 여자와 육체관계를 맺는 일이라면 별로 사랑하지 않는 여자 쪽이 더 견딜 만하다. 매춘부들과 잠을 자는 데는 진저리가 나 있었다.

부끄럽게도 나는 라자르가 두려웠다. 그녀에게 무슨 변명이라도 해야 되는 것처럼 말이다. 나는 크리올라에서 느꼈던 터무니없는 감정을 떠올렸다. 그녀를 만날지도 모른다는 생각을 하면 두려워져서 그녀를 더는 미워할 수도 없었다. 나는 서둘러 옷을 입었다. 절망 속에서도 한 달 동안은 행복했다. 그래서 악몽에서 벗어나는가 했는데 다시 악몽에 사로잡히고 말았다.

나는 아직 확실한 거처를 정하지 못했다고 크세니에게 전보를 보냈다. 나는 그녀가 바르셀로나로 빨리 오기를 바랐다.

미셸과 약속이 있었다. 그는 걱정스러운 표정이었다. 함께 파라렐로 거리의 조그만 식당으로 점심식사를 하러 갔지만 그는 거의 먹지 않았다. 술은 아예 마시지 않았다. 나는 신문을 읽지 않았다고 했다. 그는 총파업이 다음 날로 예정되어 있다고 빈정대듯 대답했다. 카렐라로 가면 친구들을 만날 수 있을 테니 그리로 가는 게 더 나았을지도 몰랐다. 하지만 나는 바르셀로나에서 소요가 일어날 경우 내 두 눈으로 직접 목격하고 싶었다. 소요에 끼어들 생각은 없었지만, 당시 카렐라에 머물고 있던 친구가 일주일간 빌려준 차가 있었다. 미셸이 필요하다면 나는 그 차를 사용했을 것이다. 그는 노골적인 적대감을 나타내며 웃음을 터뜨렸다. 자기가 다른 세계에 속해 있다는 확신을 갖고 있는 것 같았다. 자기는 무일푼이지만 혁명을 돕기 위해서라면 무슨 짓이라도 하겠다고 했다. 나는 폭동이 일어나면 저 친구는 평상시처럼 멍한 채 바보처럼 죽게 될 거라고 생각했다. 모든 일이 다 마음에 안 들었다. 한마디로 말해 혁명이란 내가 떨쳐버렸다고 믿었던 악몽의 일부였던 것이다. 크리올라 거리에서 지낸 밤을 생각하면 늘 답답했다. 미셸 생각을 해도 그랬다. 그날 밤 그는 몹시 걱정스러운 표정이었다. 그뿐만 아니라 뭔가에 무겁게 억눌려 있는 것 같았다. 결국 그는 뭐라 규정지을 수 없는 '도발적이고 불안한' 말투로 라자르가 전날 도착했다고 말했다.

미셸 앞에서, 특히 그가 미소를 지을 때, 나는 무관심을 가장했다. 물론 그 소식은 갑작스러운 것이어서 나는 당황했다. "자네 좋으라고 카탈로니아의 부유한 프랑스인이 아닌 이곳 출신의 노동자가 될 수는 없네"라고 그에게 말했다. 하지만 자동차는 어떤 위험한 상황에 처하게 되면 유용하게 쓰일 수 있을 것이다(이런 제안을 한 걸 후회할지도 모른다. 이렇게 함으로써 틀림없이 나는 라자르의 손아귀에 들어갈 것이다. 라자르는 미셸과의 불화를 잊었을 테고, 그와 달리 이 유용한 수단에 대한 경멸감은 갖지 않을 테니 말이다. 라자르만큼 나를 두려움에 떨게 하는 건 아무것도 없었다).

기진맥진해 있는 미셸과 헤어졌다. 나는 내가 노동자들에 대해 양심의 가책을 느낀다는 사실을 내심 부정할 수 없었다. 그것은 하찮은 것, 견딜 수 없는 것이었지만, 라자르에 대해 느끼는 양심의 가책과 같은 것이어서 더 의기소침해졌다. 나는 그런 순간에는 내 삶이 정당하지 않다는 것을 알고 있었다. 그 사실이 부끄럽게 느껴졌다. 그날 저녁과 밤을 카렐라에서 보내기로 결심했다. 그날 밤에는 홍등가를 얼쩡거리고 싶지 않았다. 그렇다고 해서 호텔방에 남아 있을 수는 없었다.

카렐라 쪽으로 20킬로미터쯤(거의 반 정도) 가다가 생각을 바꾸었다. 크세니가 호텔로 전보를 칠지도 모른다는 생각이 들었기 때문이다.

바르셀로나로 돌아갔다. 왠지 느낌이 좋지 않았다. 만일 소요가 시작됐다면 크세니는 나를 만나러 오지 못할 것이다. 전보는 와 있지 않았다. 가능하다면 그날 밤 떠나라는 전보를 크세니에게 다시 보냈다. 미셸이 내 차를 사용하면 틀림없이 라자르를 만날 수 있으리라는 것에는 의심의 여지가 없었다. 나는 그처럼 먼 거리에서 나를 내란에 끌어들인 호기심이 싫었다. 도저히 인간 존재로 정당화될 수가 없었다. 더구나 나는 쓸데없이 흥분하고 있었다. 겨우 5시였는데도 태양은 타는 듯 뜨거웠다. 나는 큰길 한가운데에서 다른 사람들에게 말하고 싶었다. 나는 눈먼 군중 속에서 길을 잃었다. 나 자신이 어린애만큼이나 어리석고 무력하게 느껴졌다. 호텔로 돌아갔다. 전보에 대한 답신은 여전히 없었다. 정말이지 행인들 속에서 이야기하고 싶었으나 봉기 전날이었던지라 그건 불가능했다. 노동자 구역에서 소요가 시작되었는지 알고 싶었다. 도시는 정상적인 모습이 아니었다. 하지만 나는 사태를 심각하게 생각할 수 없었다. 뭘 해야 할지 알 수 없었기 때문에 생각을 두세 번 바꾸었다. 결국 나는 호텔로 돌아가 침대에 드러눕기로 했다. 도시가 지나치게 긴장되고 흥분되어 있긴 했지만 그럼에도 불구하고 전체적으로는 가라앉은 분위기였다. 카탈로니아 광장을 지나쳤다. 너무 빨리 달린 모양이다. 취한 것처럼 보이는 한 남자가 느닷없이 차 앞으로 뛰어들었다. 급브레이크를 밟아 피하기는 했지만 나는 신경이 날카로워졌다. 몸에서 구슬땀이 흘렀다.

거기서 조금 더 간 람블라 거리에서 회색 모닝코트를 입고 밀짚모자를 쓴 믈루 씨와 함께 있는 라자르를 본 것 같았다. 나는 두려움 때문에 병이 나고 말았다(나중에 알게 되었는데, 믈루 씨는 바르셀로나에 오지 않았다).

나는 호텔에서 엘리베이터를 타지 않고 계단으로 힘겹게 올라갔다. 침대 위에 몸을 던졌다. 뼈 밑에서 심장이 고동치는 소리가 들렸다. 관자놀이의 정맥이 힘겹게 맥박치는 게 느껴졌다. 오랫동안 나는 기다림의 경련에 몰두했다. 얼굴에 물을 뿌렸다. 몹시 목이 말랐다. 미셸이 투숙하고 있는 호텔에 전화를 걸었다. 나가고 없었다. 그래서 파리로 연결해달라고 부탁했다. 크세니의 아파트에서도 전화를 받지 않았다. 기차 시간표를 살펴본 나는 그녀가 벌써 역에 도착했을지도 모른다는 계산을 했다. 아내가 없는 동안 장모가 임시로 살고 있는 우리 아파트에 전화를 걸었다. 아내가 돌아와 있을지도 모른다는 생각이 들었다. 장모는 "에디트는 두 아이와 영국에 있네"라고 대답했다. 장모는 며칠 전에 온 속달을 봉투에 넣어 보냈는데 받았냐고 물었다. 그걸 다시 항공편으로 부쳤다는 것이었다. 나는 디르티의 필체를 알아보고는 뜯지도 않은 채 그녀의 편지를 호주머니 속에 넣어 가지고 다녔다는 사실을 기억해냈다. 내가 받았다고 대답하자 적의가 담긴 목소리가 돌아왔다. 나는 신경이 거슬려서 수화기를 내려놓았다.

봉투는 내 호주머니 속에 벌써 여러 날째 구겨져 들어 있었다. 봉투를 뜯는 순간 나는 속달우편에 적힌 디르티의 필체를 알아볼 수 있었다. 나는 여전히 긴가민가하면서도 들뜬 기분으로 겉에 두른 띠를 뜯어냈다. 방 안은 지독하게 더웠다. 띠를 끝까지 다 뜯을 수 없을 만큼 땀이 뺨 위로 줄줄 흘러내리는 게 느껴졌다. 소름 끼치는 문장이 눈에 들어왔다. '난 지금 당신 발아래 엎드려 있어요.' (정말 이상하게도 편지는 이렇게 시작되었다.) 그녀는 자살할 용기가 없다며 용서해달라고 썼다. 그녀는 나를 만나러 파리에 왔다. 그녀는 내가 호텔로 전화해주기를 기다리고 있었다. 나는 수화기를 든 채 과연 어떤 말을 해야 할지 잠시 생각했다. 파리의 호텔에 전화를 거는 데 성공했다. 기다리는 동안 나는 미칠 것 같았다. 속달우편을 살펴보았다. 편지를 부친 건 9월 30일이었고, 그날은 10월 4일이었다. 나는 절망 속에서 흐느껴 울었다. 십오 분 뒤 호텔 측에서는 도로테아 S양(디르티는 도로테아의 도발적인 약칭이다)은 외출했다고 했다. 나는 메시지를 남겼다. 그녀는 돌아오자마자 내게 전화할 것이다. 수화기를 내려놓았다.

나는 공백에 대해 강박관념을 가지고 있다. 9시였다. 원칙대로 한다면 크세니는 바르셀로나행 기차를 타고 빠른 속도로 내게 오고 있을 것이다. 어둠 속에서 무시무시한 소리를 내며 내게 다가오는 눈부신 기차의 속도를 상상했다. 생쥐 아니면 바퀴벌레 같은 뭔가 검은 것이 마룻바닥 위의 내 다리 사이로 지나가는 걸 본 듯하다. 피로해서 헛것을 봤음에 틀림없었다. 현기증이 일었다. 전화를 기다리느라 호텔에서 꼼짝할 수 없었던 탓에 나는 마비되고 말았다. 무엇이 되었든지 간에 피할 수 있는 방법은 없었다. 나는 스스로 결정할 수 있는 능력을 잃어버리고 말았다. 호텔 식당으로 저녁을 먹으러 내려갔다. 전화벨 소리가 들릴 때마다 자리에서 일어났다. 교환수가 실수로 내 방으로 전화를 연결시킬까 걱정이 되었다. 나는 기차 시간표를 부탁하고, 신문을 사오라고 보냈다. 바르셀로나에서 파리로 가는 열차 시간을 알고 싶었다. 총파업 때문에 파리로 못 가게 될까 겁이 났다. 바르셀로나에서 발행되는 신문이 보고 싶어서 펼쳐봤지만 읽어도 이해할 수가 없었다. 나는 필요할 경우 차를 타고 국경까지 가야겠다고 생각했다.

저녁식사가 끝났을 때 전화가 왔다는 기별이 왔다. 난 침착했다. 누군가 내 옆에서 권총을 쏘았다고 해도 내 귀에는 들리지 않았을 것이다. 미셸이었다. 나를 만나고 싶다고 했다. 나는 기다리는 전화가 있어서 지금 당장은 그럴 수 없지만, 호텔로 갈 수 없다면 밤에 만나러 가겠다고 했다. 미셸은 만날 수 있는 주소를 알려주었다. 그는 나를 꼭 만나고 싶어했다. 그는 명령을 전달하라는 지시를 받았는데 그걸 잊어버릴까 전전긍긍하는 사람처럼 말했다. 그가 전화를 끊었다. 교환수에게 지폐 한 장을 주고 방으로 돌아와 누웠다. 방 안은 끔찍하게 더웠다. 세면대에서 물을 한 컵 받아 벌컥벌컥 마셨다. 물이 미지근했다. 윗도리와 와이셔츠를 벗었다. 거울에 비친 벌거벗은 내 몸통이 눈에 들어왔다. 다시 침대에 드러누웠다. 누군가 문을 두드리더니 크세니가 친 전보를 가져다주었다. 생각했던 대로 정오

특급열차를 타고 다음 날 도착할 예정이라고 했다. 이를 닦았다. 젖은 수건으로 몸을 훔쳤다. 전화벨 소리를 듣지 못할까 화장실조차 갈 수가 없었다. 오백까지 세면서 기다리는 시간을 메워보려고 했다. 끝까지 세지는 못했다. 이런 불안은 처음이었다. 이것이야말로 명백한 난센스가 아닌가? 빈에서의 기다림 이후로 이보다 더 견디기 어려운 일은 없었다. 10시 30분에 전화벨이 울렸다. 디르티가 묵고 있는 호텔 측과 통화를 했다. 나는 그녀와 직접 통화하게 해달라고 했다. 그녀가 왜 다른 사람을 통해서 이야기를 하는지 납득이 되지 않았다. 전화의 감은 좋지 않았지만 나는 침착하고 분명하게 말했다. 내가 그 악몽 속에서 유일하게 냉정을 유지하는 존재이기라도 한 것처럼 말이다. 그녀가 직접 전화할 수 없었던 것은 돌아오자마자 곧장 떠나기로 결정했기 때문이었다. 그녀는 가까스로 마르세유행 막차를 탈 수 있었다. 마르세유에서 바르셀로나까지는 비행기를 탈 것이고, 바르셀로나에는 오후 2시에 도착하리라는 것이었다. 시간이 없었으므로 내게 직접 알릴 수가 없었던 것이다. 그녀를 다음 날 만날 수 있으리라는 생각은 단 한 순간도 해본 적이 없었고, 그녀가 마르세유에서 비행기를 탈 수 있을 것이라는 생각도 해본 적이 없었다. 침대 위에 앉았을 때 나는 기쁘다기 보다 정신이 몽롱했다. 디르티의 얼굴을, 그 얼굴의 흐릿한 표정을 기억해내고 싶었다. 내가 가지고 있던 기억이 떠오르지 않았다. 그녀가 로테 레냐를 닮았다는 생각을 했지만, 로테 레냐마저 기억에서 사라졌다. 〈마하고니 시의 흥망성쇠〉에서의 로테 레냐만 기억날 뿐이다. 그녀는 꼭 남자옷처럼 생긴 검은색 맞춤옷에 짧은 치마, 무릎 위에서 둥글게 말린 스타킹 차림이었다. 키가 크고 날씬했으며, 아마도 머리칼은 적갈색이었던 것 같다. 어쨌든 그녀는 매혹적이었다. 하지만 얼굴 표정은 떠오르지 않았다. 나는 양말 두 짝과 윗도리는 벗고 흰색 바지만 입은 채 침대 위에 앉아 있었다. 〈서푼짜리 오페라〉의 '사창가' 노래를 기억해내려고 애썼다. 독일어 가사는 생각나지 않고 프랑스어 가사만 떠올랐다. 나는 그 노래를 부르던 로테 레냐에 대해서 잘못된 기억을 갖고 있었다. 이 어렴풋한 기억이 나를 괴롭혔다. 나는 양말을 신지 않은 두 발을 들어올린 채 들릴 듯 말 듯 애절하게 노래를 불렀다.

좌현에 대포 백 문이 있는

어마어마하게 큰 배 한 척

항구를 포, 격, 하, 리, 라…….

나는 생각했다. 내일 바르셀로나에서 혁명이 일어나리라……. 찌는 듯 더운 날씨인데도 나는 으스스해졌다……. 열린 창문 쪽으로 갔다. 거리에는 사람들이 있었다. 한낮에 태양이 뜨겁게 내리쬐었음이 느껴졌다. 실내보다 바깥이 더 시원했다. 밖으로 나가야 했다. 나는 와이셔츠와 윗도리를 걸친 다음, 가능한 한 빨리 구두를 신고 거리로 내려갔다.

2

눈이 부시게 환히 밝혀진 술집에 들어가 커피 한 잔을 단숨에 들이켰다. 커피가 뜨거워 입을 데고 말았다. 커피를 마신 건 분명히 실수였다. 미셸과 만나기로 한 곳으로 가려고 자동차를 탔다. 클랙슨을 울렸다. 미셸이 직접 와서 문을 열 것이다.

미셸은 나를 기다리게 했다. 한없이 기다리게 했다. 그가 가르쳐준 건물 앞에 차가 멈춰 서는 순간, 라자르를 대면하게 될 것이라는 확신이 들었다. 나는 생각했다. 미셸은 날 싫어할지도 모른다. 하지만 그는 내가 자기처럼 행동할지도 모르며, 또한 필요하다면 라자르가 내게 불러일으키는 감정을 잊어버릴지도 모른다는 것을 알고 있다. 내가 근본적으로 라자르에 대해 강박관념을 가지고 있는 만큼 그가 그렇게 생각하는 것은 당연하다. 어리석게도 나는 다시 그녀를 만나고 싶었다. 그때 나는 내 삶을, 내 삶의 온갖 부조리를 껴안고 싶은 억제할 수 없는 욕망을 느꼈다.

하지만 상황이 좋지 않아 보였다. 나는 출두하라는 청을 받았지만 자비롭게도 잊힌 피고처럼 아무 소리 없이 한쪽 구석에 앉아 있어야 하는 신세가 될지도 모른다. 나는 분명히 라자르에게 내 감정을 표현할 수 없을 것이고, 그러면 그녀는 내가 후회하고 있다고 생각할 것이다. 내가 병이 나서 모욕적인 언사를 가했다고 생각할 것이다. 불현듯 이런 생각도 들었다. 내게 불행이 닥친다면 라자르는 이 세계가 한층 더 견딜 만하다고 느낄지 모른다. 그녀는 내가 속죄해야 할 죄를 저질렀다고 생각할 것이다……. 그녀는 나를 위험한 일에 끌어들이려고 할 것이다. 이런 사실을 의식한다 하더라도 그녀는 노동자들의 생명보다는 차라리, 환멸만 안겨주는 내 생명을 위험에 던져넣는 게 더 나을 거라는 생각을 할 수도 있을 것이다. 나는 내가 살해당하고 디르티가 호텔에서 그 소식을 전해 듣는 모습을 상상했다. 나는 자동차 핸들을 잡고 발은 시동장치 위에 올려놓았다. 하지만 도저히 그걸 밟을 수가 없었다. 반대로 나는 미셸이 오지 않기를 바라며 클랙슨만 몇 번 눌렀다. 나는 운명이 내게 던지는 사건을 끝까지 체험해야 했다. 자신도 모르는 사이에 나는 라자르의 침착성과 부인할 수 없는 대담성을 떠올리며 감탄했다. 나는 그 일을 더는 진지하게 생각하지 않았다. 내가 볼 때 그 일은 아무 의미가 없었다. 라자르는 총을 조준하는 방법을 모르기 때문에 하품하듯 총을 쏘아대는 미셸 같은 남자들에게 둘러싸여 있었던 것이다. 그렇기는 하지만 그녀는 남자 못지않은 결단력과 꿋꿋함을 가지고 있었다. 나는 이렇게 생각하면서 웃었다. 정반대로 내가 할 줄 아는 것이라고는 머리가 확 돌아버리는 것뿐이지. 테러리스트들에 관해서 읽었던 글을 상기해보았다. 지난 몇 주일 동안의 내 생활은 테러리스트들의 생활과는 거리가 먼 것이었다. 물론 최악의 상태는 더는 내 열정이 아닌 라자르의 열정에 따라 행동하는 순간을 맞는 일일 것이다. 차 안에서 미셸을 기다리는 동안 핸들을 꽉 붙잡고 있었다. 덫에 걸린 한 마리 짐승처럼. 내가 라자르에게 속해 있다는 생각, 그녀가 나를 소유하고 있다는 생각을 하며 나는 깜짝 놀랐다……. 생각난다. 어린 시절 나도 라자르처럼 더러웠다. 고통스러운 기억이었다. 특히 나를 우울하게 만들었던 일이 떠올랐다. 나는 기숙 고등학교의 학생이었다. 움직이지 않고 입을 벌린 채 지겨워하면서 수업시간을 보냈다. 어느 날 밤, 나는 가스등 불빛 아래에서 책상을 들어올렸다. 아무도 나를 볼 수가 없었다. 나는 칼을 쥐듯 오른손 주먹 안에 펜대를 꽉 쥔 다음 강철 펜촉으로 왼손 손등과 팔뚝을 힘차게 내리찍었다. 그냥 어떻게 되나 보려고……. 어떻게 되나 보려고, 그리고 또 나 자신을 고통에 단련시키고 싶었다. 붉다기보다는 거무스레한 (잉크 때문에) 더러운 상처를 내 몸 여러 곳에 만들었다. 작은 상처들은 절단면이 펜촉처럼 생긴 초생달 모양을 하고 있었다.

차에서 내리자 머리 위로 별이 총총한 하늘이 보였다. 이십 년 전 자기 몸을 펜촉으로 찍었던 아이가 한 번도 와본 적이 없는 낯선 거리의 하늘 아래 서서 불가능한 무엇인가를 기다리고 있었다. 별이, 헤아릴 수 없이 많은 별이 떠 있었다. 그것은 소리를 지르게 할 만큼 부조리했지만, 그러나 그것은 적대적인 부조리였다. 어서 빨리 동이 텄으면, 태양이 떠올랐으면 싶었다. 별이 사라지는 순간, 나는 거리에 나가 있을 것이다. 원래 별이 뜰 무렵보다 동틀 무렵이 더 무서웠다. 두 시간을 기다려야 했다……. 오후 2시쯤 난 카루젤 다리 위에 있었다. 파리의 아름다운 태양 아래로 도살장의 소형 트럭 한 대가 지나가는 것을 봤던 기억을 떠올렸다. 가죽을 벗긴 양들의 머리 없는 목들이 천 밖으로 비죽 튀어나와 있었고, 푸른색과 흰색 줄무늬를 넣은 백정들의 작업복은 눈이 부실 정도로 깨끗했다. 트럭은 쨍쨍한 햇빛 속을 느릿느릿 지나갔다. 어렸을 때 나는 태양을 좋아했다. 두 눈을 감으면 눈꺼풀 너머의 태양은 붉은색이었다. 태양은 무시무시했고, 폭발할 것 같았다. 태양이 폭발하여 생명을 죽이는 것처럼, 아스팔트 위로 흘러내리는 붉은 피보다 더 태양다운 것이 있을까? 그 짙은 어둠 속에서 나는 빛에 취하고 말았다. 그래서 또다시 내 앞의 라자르는 그저 한 마리의 흉조, 더럽고 하찮은 한 마리의 흉조에 불과하게 되었다. 내 두 눈은 실제로 머리 위에서 반짝이는 별 속으로가 아니라 정오의 하늘의 푸른빛 속으로 잠겨들었다. 나는 그 찬란한 푸른빛 속에 몰입하려고 눈을 감았다. 커다란 검은 곤충들이 붕붕거리면서 마치 물기둥처럼 그 속에서 불쑥불쑥 나타났다. 이제 내일 태양이 폭발할 시간이 되면 도로테아를 태운 비행기가 처음에는 눈에 띄지 않는 한 점으로 불쑥 나타나리라……. 눈을 떠보니 머리 위로 별이 다시 보였지만 나는 태양에 미쳐 있었다. 웃고 싶었다. 내일이면 작고 또 멀리 떨어져 있어서 하늘의 섬광을 조금도 약화시키지 못할 비행기가 시끄러운 한 마리 곤충처럼 내게 나타날 것이다. 유리창을 끼운 새장 속에 디르티의 터무니없는 꿈들이 실려 있듯, 땅 위에 서 있는 미미한 인간인 나의 머릿속에서—고통이 평상시보다 극심할 때— 그 비행기는 한 마리의 불가능한, 숭배할 만한 '화장실 파리'가 될 것이다. 나는 웃었다. 그날 밤 벽을 따라 걷던 사람은 자신을 펜촉으로 찍어대던 그 우울한 어린아이가 아니었다. 어렸을 때처럼 행복한 오만이 나를 사로잡았고, 나는 언젠가 모든 것을 전복시킬 것이라고, 결단코 모든 것을 전복시킬 것이라고 확신했을 때처럼 그렇게 웃었다.

3

내가 어떻게 해서 라자르를 두려워하게 되었는지 이해가 되지 않았다. 몇 분을 더 기다려도 미셸이 오지 않으면 그냥 가리라. 나는 그가 오지 않으리라 확신했다. 다만 그를 기다리는 것은 지나친 양심이었다. 이제 가야 되겠다고 생각한 순간 문이 열렸다. 미셸이 내게 다가왔다. 자신의 멍청함을 굳이 떠벌리다니, 솔직히 그는 꼭 딴 세상 사람 같았다. 표정을 보니 목이 쉰 듯했다……. 막 가려던 참이었다고 말했다. 그는 '저 위에서의' 토론이 너무 무질서하고 시끄러워서 아무도 서로의 말에 귀를 기울이지 않는다고 했다.

내가 물었다.

"라자르도 거기 있나?"

"물론이지. 모든 게 다 그 여자 때문인데……. 올라가봤자 소용없어. 난 이제 지쳤다네……. 자네랑 술이나 한잔하고 싶군."

"다른 이야기가 더 있나?"

"아니. 내가 말하려는 건……."

"좋아. 무슨 얘기인지 해보게."

나는 알고 싶다는 욕망을 단지 막연하게 갖고 있을 뿐이었다. 그때 나는 미셸이 우스꽝스럽다고 생각했고, '저 위에서' 토의되고 있는 건 더 우스꽝스럽다고 생각했다.

"저들은 쉰 명 정도의 진짜 '총잡이들'로 습격을 하려는 계획을 짜고 있어……. 정말이야. 라자르는 감옥을 습격하려 한다고."

"언제 말인가? 내일만 아니라면 나도 가겠네. 무기도 가져가겠어. 차에 네 명은 태울 수 있을 거야."

미셸이 소리쳤다.

"어리석은 일이야!"

"아!"

나는 웃음을 터뜨렸다.

"감옥을 습격하면 안 돼. 말도 안 된다고."

미셸은 목청을 다해 그렇게 외쳤다. 우리는 번잡한 도로에 다다랐다. 나는 그에게 이렇게 이야기했다.

"그렇게 크게 소리 지르지 말게……."

내 말을 듣자 그는 당황했다. 걸음을 멈추더니 주위를 둘러봤다. 불안한 표정이 그의 얼굴을 스쳐지나갔다. 미셸은 어린아이, 경솔한 인간에 불과했다.

나는 웃으며 말했다.

"괜찮아. 자넨 프랑스어로 이야기했거든……."

겁을 먹은 것만큼 안심도 빨랐는지 이번에는 그가 웃기 시작했다. 하지만 이때부터 그는 더는 소리를 지르지 않았다. 내게 이야기할 때 사용하던 경멸적인 어투마저도 버렸다. 카페가 나타나자 우리는 멀찌감치 떨어진 테이블에 자리를 잡았다.

그가 설명했다.

"왜 감옥을 습격하면 안 되는지 내 자네에게 설명해주지. 감옥은 습격해봤자 아무 이득이 없어. 라자르가 감옥을 습격하려는 건 쓸모가 있어서가 아니라 순전히 자신의 사상을 위해서라네. 라자르는 전쟁과 흡사한 거라면 뭐든지 다 싫어하지만 지금 그녀는 미쳐버렸고 어쨌든 직접 행동을 하자는 의견에 찬성하기 때문에 기습을 감행하려는 거야. 난 무기창고를 습격하자고 제안했지만, 그 여자는 내 말에 귀를 기울이려고 하지 않았어. 그 여자 말에 의하면 그렇게 할 경우 또다시 혁명과 전쟁을 혼동하게 되기 때문이라는 거지! 자네는 여기 사람들을 몰라. 여기 사람들은 굉장하기는 하지만 머리들이 좀 이상하다네. 그 여자 말을 듣고 있더라니까!"

"자넨 왜 감옥을 습격하면 안 되는지에 대해서는 이야기하지 않았어."

사실 나는 감옥을 공격한다는 생각에 매료되어, 노동자들이 라자르가 하는 말에 귀를 기울이는 건 잘된 일이라고 생각하고 있었다. 라자르에 대한 혐오감이 갑자기 사라졌다. 나는 이렇게 생각했다. 그녀는 소름 끼치는 여자이지만, 프랑스대혁명을 이해하는 유일한 사람이라고, 스페인 노동자들 역시 대혁명을 이해하고 있다고.

미셸은 혼잣말하듯 설명을 계속했다.

"감옥이 아무짝에도 쓸모가 없다는 건 분명한 사실이야. 우선 필요한 건 무기를 찾는 거지. 노동자들을 무장시켜야 한다고. 노동자 손에 무기를 쥐여주지 못한다면 분리주의운동이 도대체 무슨 의미가 있겠나? 카탈로니아 자치운동 지도자들은 어쩌면 실패할지도 몰라. 왜냐하면 그들은 노동자 손에 무기를 쥐여준다는 생각만으로 전전긍긍해하거든, 이게 바로 증거지……. 분명해. 먼저 무기창고를 공격해야 할 거야."

또 다른 생각이 떠올랐다. 그들은 한 사람도 빠짐없이 다 비정상이야.

다시 디르티 생각을 하기 시작했다. 피곤해서 죽을 지경이었고 또 불안해지기 시작했다.

미셸에게 건성으로 물었다.

"그런데 어떤 무기창고를 공격한다는 거야?

그는 내 말이 안 들리는 모양이었다.

나는 힘주어 말했다. 그는 이 문제에 관해서 전혀 아는 게 없었다. 이것은 필요불가결하고 까다로운 문제인데다 그는 이곳 출신도 아니었다.

"라자르는 뭐 더 얻어낸 게 있나?"

"응, 감옥 지도를 입수했다네."

"화제를 다른 걸로 바꿀까?"

미셸은 곧 자리를 떠야 할 것 같다고 했다.

그는 잠시 동안 아무 말 없이 침묵을 지켰다. 그가 다시 입을 열었다.

"결과가 좋지 않을 것 같아. 총파업이 내일로 예정되어 있지만 각자 따로 행동하면 모두 민병대에게 살해될 거야. 결국 난 라자르가 옳았다고 생각하겠지."

"그게 도대체 무슨 이야기야?"

"그래. 노동자들은 결코 힘을 합칠 수가 없어서 결국은 패배하게 될 거야."

"감옥을 습격할 수가 없단 말이야? "

"내가 어떻게 알아? 난 투사가 아니잖아……."

난 기진맥진한 상태였다. 새벽 2시였다. 미셸에게 람블라 거리의 한 술집에서 만나자고 제의했다. 그는 상황이 더 분명해질 때 오겠다며 5시쯤 그곳으로 가겠다고 했다. 하마터면 감옥 습격 계획에 반대하는 것은 잘못이라고 말할 뻔했지만, 나는 그 문제에 대해 진저리가 나 있었다. 나는 차를 세워두었던 곳까지 그와 함께 갔다. 이제 할 이야기가 없었다. 어쨌든 라자르를 만나지 않게 되어 다행이었다.

4

나는 즉시 람블라 거리로 갔다. 차는 버려두었다. 바리오 치노로 들어갔다. 창녀를 찾아간 것이 아니라 바리오 치노만이 새벽에 세 시간을 때울 수 있는 유일한 곳이었기 때문이었다. 그 시간이면 안달루시아 사람들로 구성된 칸테 론도 가수들의 노래를 들을 수 있었다. 나는 흥분해서 제정신이 아니었고, 내 흥분과 어울리는 것은 오직 칸테 론도의 자극뿐이었다. 나는 지저분한 카페로 들어갔다. 안에 들어서는 순간 기형에 가까운 한 여인, 얼굴이 불독처럼 생긴 한 금발 여인이 작은 연단 위에 모습을 나타냈다. 색깔 있는 손수건으로 허리를 둘렀지만 새까만 성기가 그대로 다 드러나 보일 정도로 벌거벗다시피 했다. 그녀는 배와 허리를 뒤틀며 노래하고 춤췄다. 자리에 앉자마자 그 여자만큼이나 보기 흉하게 생긴 여자가 내 테이블로 왔다. 그녀와 한잔하는 수밖에 없었다. 크리올라에서처럼 꽤 많은 손님들이 있었는데, 모두 다 더러웠다. 나는 스페인어를 모르는 척했다. 그중 유독 예쁘고 젊은 한 여자가 눈에 띄었다. 그녀가 나를 쳐다보았다. 그녀의 호기심은 갑작스런 열정과 흡사했다.

그녀는 중년부인의 머리와 가슴을 때묻은 숄 속에 감춘 괴물들에게 둘러싸여 있었다. 선원복 차림에 곱슬한 머리, 분을 바른 듯 발그레한 뺨의, 아이 티가 나는 한 소년이 나를 쳐다보고 있는 그 여자에게 다가갔다. 거친 인상이었다. 그는 음란한 동작을 하더니 웃음을 터뜨리고는 멀찌감치 가서 앉았다. 허리가 굽었으며 꽤 나이가 들어 보이고 촌스러운 수건을 두른 한 여인이 바구니를 들고 들어왔다. 가수가 기타리스트와 함께 연단 위에 앉았다. 기타와 몇 번 박자를 맞춘 다음, 그는 활력이라고는 조금도 없이 노래를 부르기 시작했다……. 그 순간 나는 그가 다른 가수들처럼 절규하듯 노래하며 내 마음을 갈기갈기 찢어놓지는 않을까 두려웠다. 실내는 넓었다. 한쪽 끝에서는 꽤 많은 여자들이 주욱 늘어앉아 춤출 손님들을 기다리고 있었다. 그들은 노래가 끝나는 대로 손님들과 춤을 출 것이다. 다들 젊은 편이었으나 못생기고 옷차림도 초라했다. 잘 먹지도 못해서 몸들이 비쩍 말랐다. 어떤 여자들은 꾸벅꾸벅 졸았고, 어떤 여자들은 바보처럼 웃고 있었으며, 또 어떤 여자들은 느닷없이 구두 뒤축으로 빠르게 연단을 두드리면서 올레! 하고 건조한 목소리로 소리를 질렀다. 그중 한 여자는 반쯤 바랜 담청색 무명 드레스를 입고 있었는데 퇴색한 금발머리 아래로 보이는 얼굴이 파리하고 창백했다. 분명히 그녀는 몇 달 안에 죽을 것이다. 나로서는 잠깐 동안이라도 나 자신만 생각하기를 멈추고, 다른 사람들에게 관심을 갖고, 또 각자 자신의 두개골 아래에서 살아 있음을 알아둘 필요가 있었다. 나는 홀 안에 있는 나와 비슷한 인간들을 관찰하며 한 시간 가량 말없이 앉아 있었다. 그러고 나서는 정반대인 활기로 가득 찬 다른 나이트클럽으로 갔다. 멜빵 달린 작업바지를 입은 한 나이 어린 노동자가 파티복을 입은 여자와 뱅글뱅글 돌며 춤을 추고 있었다. 파티복 겉으로 더러운 속치마 끈이 드러나 있었지만 처녀는 매력적이었다. 다른 커플도 빙글빙글 돌고 있었다. 나는 빨리 그곳을 떠나기로 했다. 그런 식의 자극을 더는 참아낼 수 없을 것 같았다.

나는 람블라 거리로 되돌아가서 신문 몇 부와 담배를 샀다. 겨우 4시였다. 나는 한 카페의 테라스에 앉아 건성으로 신문을 넘겼다. 나는 아무것도 생각하지 않으려고 애썼지만 잘 되지 않았다. 의미 없는 먼지가 내 가슴속에서 일었다. 나는 디르티가 실제로 어땠었는지 기억해내고 싶었다. 기억 속에 막연히 떠오르는 것은 내 내부의 그 무엇, 불가능하고 무서운, 그리고 무엇보다도 낯선 그 무엇이었다. 다음 순간 나는 어린애처럼 항구의 식당으로 그녀와 식사하러 가야겠다는 생각을 했다. 우리는 내가 좋아하는 온갖 종류의 향 짙은 음식을 먹을 것이고, 그다음 호텔로 갈 것이다. 그녀는 잠이 들 것이고, 나는 침대 옆에 머무를 것이다. 나는 피곤에 지쳐 그녀 옆 안락의자에서 잠이 들던지 아니면 그녀처럼 침대 위에 드러누울 것이라고 생각했다. 그녀가 일단 도착하기만 하면 우리는 둘 다 곯아떨어질 것이다. 우리는 틀림없이 잠을 제대로 자지 못할 것이다. 총파업이 있었다. 초 한 자루 있을 뿐, 할 일이 전혀 없는 커다란 방, 인적이 끊긴 거리들, 시가전. 미셸이 곧 올 것이고, 나는 가능한 한 빨리 그에게서 벗어나야 할 것이다.

나는 이제 그 무슨 이야기도 듣고 싶지 않았다. 잠을 자고 싶을 뿐이었다. 그때는 누가 아무리 다급한 이야기를 했다 해도 한쪽 귀로 듣고 다른 쪽 귀로 흘려버렸을 것이다. 나는 아무 데라도 좋으니 잠을 자야 했다. 나는 의자 위에서 몇 차례 잠이 들었다. 크세니가 도착하면 뭘 할 것인가. 6시가 조금 지나서 미셸이 오더니 라자르가 람블라 거리에서 그를 기다리고 있다고 했다. 그는 앉을 수 없었다. 그들은 아무런 결론도 내지 못했다. 그도 나만큼이나 막막한 표정이었다. 어쩌면 나보다 더 말을 하고 싶지 않은 표정이었고, 낙담해서 반쯤 잠들어 있었다.

나는 즉시 그에게 말했다.

"자네랑 같이 가겠네."

동이 트고 있었다. 하늘이 어스레했고 이제는 별도 보이지 않았다. 사람들이 오갔지만 람블라 거리는 어쩐지 비현실적인 분위기를 풍겼다. 플라타너스 길 이쪽 끝에서 저쪽 끝까지 오직 귀가 멍멍할 정도의 새 울음소리만 들렸다. 그처럼 전혀 뜻밖의 소리를 들어본 건 난생 처음이었다. 나무 아래로 걸어오고 있는 라자르의 모습이 눈에 띄었다. 그녀가 우리에게서 등을 돌렸다.

"인사하고 싶지 않은가?"

미셸이 내게 물었다.

그 순간, 여전히 검은색 옷을 입은 그녀가 몸을 돌리더니 우리 쪽으로 다시 왔다. 일순, 그녀가 지금까지 본 중에서 가장 인간적인 존재가 아닐까 하는 생각이 들었다. 내게 다가오고 있는 것은 또한 더러운 쥐이기도 했다. 달아날 필요는 없었다. 그건 쉬운 일일 것이다. 사실 난 멍한 상태였다. 극도로 멍한 상태였다. 난 그냥 미셸에게 이렇게 말했다.

"둘만 가도 돼."

미셸은 이해할 수 없다는 표정을 지었다. 나는 두 사람이 어디 살고 있는지 안다고 덧붙이면서 그와 악수를 했다.

"오른쪽 세 번째 길로 들어가게. 가능하면 내일 저녁에 전화하고."

라자르와 미셸이 동시에 존재의 그림자까지 잃어버리기라도 한 것처럼. 그때부터 내게서는 진짜 현실이라는 것이 사라지고 말았다.

라자르가 나를 쳐다보았다. 그녀는 그 어느 때보다 더 자연스러웠다. 나는 그녀를 쳐다보고는 미셸에게 손짓했다.

그들은 가버렸다.

나는 호텔로 향했다. 5시 30분이 다 되어가고 있었다. 나는 덧문을 잠그지 않았다. 곧 잠이 들었지만 그것은 악몽이었다. 대낮인 것 같았다. 내가 러시아에 있었다. 역대 수도 중 어디인

가로, 아마도 레닌그라드인 듯한 도시로 여행을 간 것이다. 나는 오래된 기계 진열실처럼 철근과 유리로 된 거대한 건물 내부를 천천히 걸었다. 실내는 어스름했고, 먼지투성이의 창유리가 더러운 빛을 통과시키고 있었다. 빈 공간은 대성당의 그것보다 훨씬 넓고 장엄했다. 바닥은 다져진 흙으로 되어 있었다. 나는 의기소침해 있었고, 완전히 혼자였다. 나는 측랑을 통해 혁명 기념물이 보존되어 있는 작은 방들이 늘어선 곳에 이르렀다. 그 방들은 진짜 박물관을 형성하고 있지는 않았지만, 혁명을 결정짓는 삽화적인 사건들은 바로 이곳에서 일어났다. 원래는 차르 궁정의 엄숙함이 깃든 귀족적인 생활을 위해 지어진 방들이었다. 전쟁이 벌어지는 동안 황실 가족들은 프랑스의 '전기'를 벽에 묘사하는 일을 한 프랑스 화가에게 맡겼다. 이 화가는 루이 14세가 체험했던 역사적 장면들을 르브룅의 간소하고 화려한 스타일로 그려놓았다. 한쪽 벽 꼭대기에서는 휘장을 두르고 굵은 횃불을 손에 든 프랑스가 일어서고 있는 중이었다. 그건 이미 대부분이 지워져 있어서 꼭 구름이나 쓰레기 속에서 나오는 것처럼 보였는데, 여기저기 희미하게 스케치만 되어 있던 화가의 작업이 폭동으로 인해 중단되었기 때문이었다. 그래서 벽들은 멀쩡하게 살아 있다가 졸지에 소나기처럼 쏟아지는 화산재에 뒤덮였으나, 다른 그 어떤 미라보다 더 완벽하게 죽어 있는 폼페이의 미라를 연상시켰다. 오직 폭도들의 발 구르는 소리와 외침 소리만이 방 안을 떠돌았다. 그곳은 숨쉬기조차 힘들 정도로 혁명의 무시무시한 돌발성이 선명하게 느껴졌다.

옆방에서는 더욱 견디기가 힘들었다. 벽에는 구체제의 흔적이 남아 있지 않았다. 마룻바닥도 더러웠고 회반죽도 다 떨어져나갔으나, 혁명의 추이는 그 방에서 먹고 자면서 세계의 질서를 전복시킨 사건을 직접 피로한 두 눈으로 지켜보고 이야기하려 했던 병사들이나 노동자들이 목탄을 들고 자신들의 서투른 언어로, 그리고 그보다 더 서툰 그림으로 쓴 수많은 헌사에 의해 기록되었다. 그보다 더 자극적이고 인간적인 것은 본 적이 없다. 나는 거기 서서 거칠고 서툰 필체를 바라보고 있었다. 눈에서 눈물이 흘렀다. 혁명의 열정이 서서히 내 머리까지 올라왔고, 그것은 때로는 '번개'라는 단어로, 때로는 '공포'라는 단어로 표현되었다. 레닌이라는 이름은 검은색으로, 그러나 피의 흔적과 흡사한 검은색으로 써놓은 그 헌사들 속에 자주 등장했다. 그 이름은 이상하게 변질되어 여성형을 갖게 되었다. 레노바!

작은 방에서 나왔다. 나는 그것이 언제 어느 때 폭발할지 모른다는 사실을 알면서도 창유리가 끼워져 있는 넓은 중앙홀로 들어갔다. 소련 당국이 이 홀을 폭파하기로 결정했던 것이다. 문을 찾을 수가 없어서 혹시 목숨을 잃게 되지 않을까 두려웠다. 나는 혼자였다. 한참을 불안에 떨며 보낸 뒤 구멍 하나가, 유리창 한가운데 뚫어놓은 창문 같은 것이 눈에 띄었다. 나는 그쪽으로 기어올라 갖은 애를 다 쓴 끝에 겨우 밖으로 미끄러져나올 수 있었다.

나는 공장, 철교 그리고 공터로 이뤄진 황량한 풍경 속에 서 있게 되었다. 나는 내가 빠져나온 그 거대하고 황폐한 건물을 단 한 번에 무너져 내리게 만들 폭발을 기다렸다. 나는 그곳에서 멀어져 다리 쪽으로 갔다. 바로 그때 경찰이 누더기를 걸친 아이들과 함께 나를 쫓아왔다. 그는 폭파 현장에서 사람들을 격리시키는 임무를 맡은 모양이었다. 달려가면서 나는 아이들에게 어디로 뛰어가야 하는지 큰 소리로 외쳤다. 우리는 함께 다리 밑에 이르렀다. 그 순간 나는 아이들에게 러시아어로 말했다. "즈디스, 모즈노……. 여기 있어도 돼……." 아이들은 대꾸하지 않았다. 모두 흥분해 있었다. 우리는 함께 그 건물을 바라보았다. 폭발하는 게 분명했다(그러나 아무 소리도 들리지 않았다. 폭발은 소용돌이치며 퍼져나가는 게 아니라 짧게 깎은 머리처럼 섬광조차 없이 곧바로 구름을 향해 치솟아올라가는 검은 연기를 내뿜었고, 모든 것은 일순 돌이킬 수 없이 시커먼 먼지로 변해버렸다). 영광도 위대함도 없이 어느 겨울 황혼 무렵에 헛되이 사라져버리는 숨 막힐 듯한 소란. 그날 밤에는 얼음도 얼지 않고 눈도 내리지 않았다.

나는 잠에서 깨어났다.

그 꿈이 나를 비워버린 듯 나는 어리벙벙하게 누워 있었다. 나는 천장을, 그리고 창문 너머로 반짝이는 하늘을 멍하게 바라보았다. 꼭 사람들이 꽉꽉 들어찬 열차간에서 밤을 보내기라도 한 것처럼 내가 어디론가 도망치고 있다는 느낌이 들었다.

내게 일어난 일이 조금씩 기억 속에 떠올랐다. 침대 밖으로 뛰어내렸다. 나는 씻지도 않은 채 옷을 입고 거리로 내려갔다.

8시였다.

하루가 매혹 속에서 시작되고 있었다. 나는 햇빛을 받으며 아침의 신선함을 맛보았다. 하지만 내 입에서는 역겨운 냄새가 났고, 나는 기진맥진한 상태였다. 해답에는 전혀 관심이 없었으나, 왜 이 태양의 물결이, 이 공기의 물결이, 그리고 이 생명의 물결이 나를 람블라 거리에 던져놓았을까 나 자신에게 물었다. 나는 모든 것에 대해 이방인이었고, 완전히 시들어버렸다. 나는 백정이 돼지 목에 내놓은 구멍에서 솟아난 피거품을 생각했다. 내게는 당장 해야 할 일이 있었다. 내 생리적인 구역질을 멈추게 해줄 수 있는 것을 먹고, 면도하고 세수하고 빗질하고, 마지막으로 거리로 내려가 시원한 포도주를 마시고 나서 햇빛 비치는 거리를 걷는 것. 라테를 마셨다. 돌아갈 용기가 나지 않았다. 이발사에게 면도를 했다. 다시 스페인어를 모르는 척했다. 손짓으로 의사를 전달했다. 이발사의 손에서 벗어나는 순간 나는 삶의 의욕을 되찾았다. 돌아가서 재빨리 이를 닦았다. 바달로나에서 해수욕을 하고 싶었다. 자동차에 올라탔다. 바달로나에는 9시쯤 도착했다. 해변은 비어 있었다. 나는 차 안에서 옷을 벗었다. 하지만 모래사장 위에 눕지 않았다. 바닷속으로 달려들었다. 나는 수영을 멈추고 푸른 하늘을 바라보았다. 북동쪽을. 도로테아가 탄 비행기가 나타날 곳을. 일어섰더니 물은 내 가슴까지 올라왔다. 나는 물속에 잠긴 누르스름한 내 두 다리와 모래 속에 파묻힌 두 발, 물 위로 나와 있는 몸통과 두 팔, 머리를 보았다. 그리고 벌거벗은 채 몇 시간 뒤에 비행기가 하늘 저편에서 나타나기를 기다리며 지면 위에(혹은 해면 위에) 서 있는 '나'라는 인물을 보고 싶은 아이러니한 호기심이 생겨났다. 나는 다시 헤엄쳤다. 하늘은 드넓고 맑았으며, 나는 물속에서 웃고 싶었다.

5

해변 한가운데 배를 깔고 누운 나는 먼저 도착하게 될 크세니를 어떻게 해야 될지를 생각했다. 나는 생각했다. 지체 없이 서둘러 옷을 입고 역으로 달려가서 그녀를 기다려야 돼. 전날부터 나는 크세니가 도착할 경우 내게 발생할 해결할 수 없는 문제들을 잊지 않았지만, 그 문제가 떠오를 때마다 해결책을 찾는 일은 뒤로 미루었다. 그녀와 함께 있기 전까지는 결정을 내릴 수 없으리라. 이제는 그녀를 난폭하게 다루지 말아야지. 때로 나는 그녀에게 짐승처럼 굴었다. 그렇다고 해서 후회가 되는 건 아니지만, 어쨌든 앞으로는 그러지 말아야겠다고 생각했다. 한 달 전부터 나는 최악의 상태는 아니었다. 악몽을 꾸지도 않았고, 심지어 내가 앞으로 살아가게 될 것이라는 생각까지 들었다. 이제는 시체들을 생각하면, 라자르를 생각하면…… 나를 쫓아다니며 괴롭혔던 모든 것을 생각하면 웃음이 나온다. 나는 다시 바닷물 속으로 들어갔고, 등을 대고 누운 채 눈을 감았다. 일순, 디르티의 몸뚱이가 빛과, 특히 열기와 어우러지는 듯한 느낌이 들었다. 나는 막대기처럼 뻣뻣해졌다. 노래를 부르고 싶었다. 그러나 내게는 그 어느 것도 견고해 보이지 않았다. 불행에서 벗어난 내 삶이 유아기의 보잘것없는 사물이라도 되는 듯, 내가 갓난애의 울음소리만큼이나 약하게 느껴졌다.

내가 크세니에게 해줄 수 있는 일은 그녀를 역으로 마중나가 호텔로 데려오는 일이었다. 하지만 같이 점심식사를 할 수는 없었다. 그녀에게 뭐라고 설명을 해야 할지 알 수가 없었다. 미셸에게 전화를 걸어서 그녀와 점심을 함께 하겠느냐고 물어볼까 생각했다. 두 사람이 이따금 파리에서 만났던 기억이 떠올랐던 것이다. 터무니없어 보일지 모르지만 달리 방법이 없었다. 옷을 입었다. 바달로나에서 전화를 걸었다. 미셸이 내 부탁을 들어줄지 의심스러웠다. 하지만 전화를 받은 그는 그렇게 하겠다고 했다. 그는 낙담한 상태였다. 착 가라앉은 목소리로 이야기했다. 나는 내가 그를 퉁명스럽게 대한 것을 원망하느냐고 물었다. 그는 날 원망하지 않았다. 나와 헤어질 당시 너무 지쳐 있어서 아무 생각도 하지 않았다는 것이다. 라자르는 그와 아무런 이야기도 나누지 않았다. 그녀는 그에게 내 소식을 물었다고 했다. 나는 미셸의 태도에 모순이 있다고 생각했다. 진지한 투사가 도대체 어떻게 그런 날 돈 많은 여자와 멋진 호텔에서 점심식사를 하겠다는 생각을 할 수 있단 말인가? 나는 그날 새벽 무렵에 일어났던 일을 논리적으로 다시 떠올려보려고 했다. 라자르와 미셸은 한편으로는 그들이 카탈로니아와 관계없는 프랑스인이었기 때문에, 또 한편으로는 그들이 노동자들과 관계없는 지식인이었기 때문에 바로 그들의 친구들에 의해 동시에 제거되었을 것이라는 생각이 들었다. 나중에 나는 그들이 라자르에 대한 애정과 존경 때문에, 라자르가 바르셀로나

노동자들의 투쟁 상황을 모르는 외국인이기 때문에 그녀를 배제시켜야 한다고 한 카탈로니아인의 제의에 동의했다는 사실을 알게 되었다. 그들은 동시에 미셸을 멀리했다. 결국 라자르와 관계를 맺고 있던 카탈로니아 무정부주의자들은 자기들끼리 뭉쳤지만 아무 성과도 얻지 못했다. 그들은 모든 공동작전을 단념한 채 다음 날 지붕 위에서 개별적으로 사격을 개시했다. 내가 원하는 건 오직 한 가지, 미셸이 크세니와 함께 점심식사를 하는 것뿐이었다. 나는 그들이 서로 마음이 맞아서 밤을 함께 보내기를 바랐지만, 우선은 우리가 전화 통화에서 약속했던 대로 미셸이 한 시간 전에 호텔 로비에 나와 있는 것으로 충분했다.

나중에서야 나는 크세니가 기회 있을 때마다 자신의 공산주의자적 견해를 공표했었다는 사실을 기억해냈다. 나는 바르셀로나의 소요를 직접 목격하라고 그녀를 오게 했다고 말할 것이다. 그녀는 그녀가 소요에 참여할 자격이 있다는 판단을 내가 내렸다면서 흥분할지도 모른다. 그녀는 미셸과 이야기를 나눌 것이다. 비록 이와 같은 해결책의 타당성은 없을지라도 나는 만족했고, 더는 그 문제를 생각하지 않았다.

시간은 쏜살같이 흘러갔다. 나는 바르셀로나로 돌아갔다. 시내에는 벌써부터 심상찮은 기운이 감돌고 있었는데, 카페테라스에 놓여 있던 테이블들은 안으로 들여진 상태였고 상점의 셔터는 반쯤 내려져 있었다. 총소리가 들렸다. 한 동맹파업자가 전차 유리창에 대고 쏜 것이었다. 금방 사라지기도 했다가 또 금방 무겁게 짓누르기도 하는 이상한 활기가 존재하고 있었다. 자동차는 다니지 않았다. 무장 병력이 쫙 깔려 있었다. 나는 자동차가 투석과 사격의 표적이라는 사실을 깨달았다. 동맹파업자들과 같은 편이 아니라는 게 좀 걱정되기는 했지만, 중요하게 생각하지는 않았다. 갑작스럽게 폭동에 휩싸인 도시의 외관은 몹시 불안해 보였다.

호텔로 돌아가는 건 단념했다. 나는 직접 역으로 갔다. 기차 시간은 바뀌지 않았다. 주차장 문이 눈에 띄었다. 살짝 열려 있었다. 그곳에 차를 세워두었다. 이제 겨우 11시 30분이었다. 열차가 도착하기까지 삼십 분 이상을 보내야 했다. 나는 문을 연 카페 한 곳을 발견했다. 백포도주 한 병을 주문했지만, 마시는 게 즐겁지 않았다. 전날 밤 꾼 혁명에 관한 꿈을 생각했다. 나는 잠들어 있을 때가 더 지적이다. 아니, 더 인간적이다. 카탈로니아어로 된 신문을 집어들긴 했지만 나는 카탈로니아어를 몰랐다. 카페 분위기는 쾌적했지만, 동시에 실망스럽기도 했다. 드문 손님들 중에서 두세 명이 역시 신문을 읽고 있었다. 그럼에도 불구하고 나는 총소리를 듣는 순간 중심가의 험악한 양상에 놀랐다. 파리에서는 내가 사태의 핵심에 위치해 있었는데 바르셀로나에서는 사태의 주변에 있다는 것을 깨달았다. 파리에서 나는 폭동이 일어나는 동안 가까이 있던 사람들과 함께 이야기를 나누었다.

기차는 연착이었다. 역 구내를 서성거리는 수밖에 없었다. 역은 내가 꿈속에서 배회했던 '기계 진열실'과 흡사했다. 나야 크세니가 빨리 도착하든 늦게 도착하든 역정낼 일이 아니었지만, 만일 기차가 너무 늦어진다면 미셸은 호텔에서 애를 태울지도 몰랐다. 디르티가 두 시간 뒤 그곳에 나타난다면 나는 그녀에게 말을 할 것이고 그녀도 내게 말을 할 것이며, 나는 그녀를 껴안을 것이다. 그러나 그럴 가능성은 희박했다. 포르부발 열차가 역으로 들어왔다. 잠시 후 나는 크세니 앞에 섰다. 그때까지도 그녀는 나를 보지 못했다. 나는 그녀를 쳐다보고 있었다. 그녀는 가방을 챙기느라 정신이 없었다. 그녀는 상당히 작아 보였다. 어깨에 외투를 걸쳤는데, 작은 여행가방과 핸드백을 잡으려 하자 외투가 흘러내렸다. 그녀가 다시 외투를 집으려고 몸을 숙이다가 나를 보았다. 나는 플랫폼 위에 서서 그녀를 보며 웃었다. 그녀는 얼굴이 빨개졌다가 내가 웃는 걸 보자 자기도 웃음을 터뜨렸다. 나는 그녀가 차창으로 넘겨주는 작은 여행가방과 외투를 받아들었다. 그녀가 웃었지만 아무 소용이 없었다. 내 앞에 있는 그녀는 나와는 아무 관계 없는 이방인처럼 느껴졌다. 디르티에게도 똑같은 느낌이 들지 않을까, '나는 그렇게 될까 두렵다'는 생각이 들었다. 디르티는 내게서 멀리 있는 것처럼 보일 것이다. 내게 있어 디르티는 이해할 수 없는 존재였다. 크세니가 불안하게 미소지었다. 그녀는 어떤 불안감을 느꼈는지, 그 불안감은 그녀가 내 품에 몸을 바싹 붙였을 때 더 한층 커졌다. 그녀의 머리와 이마에 입을 맞추었다. 디르티를 기다리고 있지만 않았더라도 나는 그 순간 행복했을 것이다.

나는 우리 두 사람 사이의 일이 그녀가 생각한 것과는 달리

진전되고 있다는 사실을 처음부터는 그녀에게 이야기하지 않기로 했다. 그녀가 뭔가에 몰두한 표정으로 나를 바라보았다. 그녀는 감동적이었다. 아무 말 없이 그저 나를 바라보기만 했고, 그녀의 눈은 아무것도 모르는 채 호기심에 사로잡힌 사람의 그것이었다. 나는 바르셀로나에서 일어난 사건들에 관해서 들었냐고 그녀에게 물었다. 그녀는 프랑스 신문에서 읽기는 했지만 막연한 수준이었다.

나는 부드럽게 말했다.

"오늘 아침에 총파업이 시작됐고 아마 내일은 무슨 일이 일어날 거야……. 당신은 마침 시가전이 시작됐을 때 온 거야."

그녀가 물었다.

"당신 화나지 않아?"

아마 내가 그녀를 멍한 표정으로 바라보았던 모양이다. 그녀는 새처럼 종알거리더니 물었다.

"공산주의 혁명이 일어날까?"

"우린 미셸 T……와 점심을 먹을 거야. 원한다면 그 친구와 공산주의에 대해 이야기할 수 있을 거야."

"진짜 혁명이 일어났으면 좋겠어……. 미셸 T……와 점심을 먹을 거라고? 난 피곤한걸."

"우선 점심을 먹어야지……. 그러고 나서 자면 돼. 잠깐 여기 있어. 택시가 파업 중이거든. 차를 가지고 올게."

나는 그녀를 거기 세워두었다.

그것은 복잡한 일, 엉뚱한 일이었다. 내가 그녀에 대해서 해내야 하는 역할이 혐오스럽게 느껴졌다. 다시 나는 내가 아팠을 때 내 방에서 그랬던 것처럼 그녀를 대할 수밖에 없었다. 나는 스페인으로 가 내 생활에서 도망치려고 했지만 그것이 헛된 시도였다는 사실을 깨달았다. 내가 피해왔던 것이 나를 쫓아와 붙잡더니 다시 미치광이처럼 행동하라고 내게 요구했다. 나는 무슨 일이 있어도 더는 그렇게 행동하고 싶지 않았다. 그럼에도 불구하고 디르티가 도착하게 되면 모든 게 최악으로 변해버릴 게 틀림없었다. 나는 햇볕을 받으며 차고 쪽으로 재빨리 걸어갔다. 날이 더웠다. 얼굴에 흐르는 땀을 훔쳤다. 매달릴 수 있는 신을 가진 사람들이 부러웠다. 그런데 나는…… 얼마 지나지 않아 나는 오직 '울기 위한 눈'만을 갖게 되리라. 누군가가 나를 뚫어지게 쳐다보고 있었다. 머리를 숙였다가 다시 들었다. 삼십대의 부랑자로 머리에서 턱까지 손수건으로 묶었으며, 얼굴에는 오토바이를 탈 때 쓰는 큼지막한 노란색 안경을 쓰고 있었다. 그는 커다란 눈으로 날 한참 동안 뚫어지게 쳐다보았다. 햇빛을 받자 그는 오만한 모습으로, 태양 같은 모습으로 변했다. 나는 생각했다. '미셸이 저렇게 변장을 했는지도 몰라!' 그건 유치하고 어리석은 생각이었다. 이상한 부랑자는 단 한 번도 만난 적이 없었다.

나는 그를 지나쳤다가 느닷없이 고개를 돌렸다. 그가 나를 다시 찬찬히 뜯어보았다. 나는 그의 삶을 상상해보려고 애썼다. 그의 삶에는 부정할 수 없는 그 무엇인가가 있었다. 나 자신도 부랑자가 될 수 있었다. 어쨌든 그는 부랑자였다. 그는 정말로 부랑자였으며, 다른 것은 아무것도 없었다. 그것이 그가 붙든 운명인 것이다. 나 자신이 붙든 운명은 그보다 더 즐거운 것이었다. 주차장에서 돌아오면서 나는 같은 길을 지나갔다. 그는 아직도 그곳에 있었다. 다시 나를 뚫어지게 쳐다보았다. 나는 천천히 지나갔다. 그에 대한 관심을 떨쳐버리기가 힘들었다. 나는 자기가 뭘 원하는지도 모르는 어린아이를 닮는 대신에 그 부랑아처럼 소름 끼치는 생김새를, 태양 같은 생김새를 갖고 싶었다. 그때 나는 내가 크세니와 함께 행복하게 살 수 있을지도 모른다고 생각했다.

그녀는 가방들을 발아래 내려놓은 채 역 입구에 서 있었다. 그녀는 내 차가 오는 걸 보지 못했다. 하늘은 선명한 푸른색을 띠고 있었지만, 금방이라도 천둥치고 비바람이 몰아닥칠 것 같았다. 헝클어진 머리를 수그린 채 가방에 둘러싸여 있는 크세니의 모습은 그녀 발밑의 땅이 꺼져들어간 듯 보였다. 나는 그날 중으로 내 차례가 되면 결국에는 그녀처럼 내 발밑의 땅도 꺼져들어갈 것이라고 생각했다. 그녀 앞까지 간 나는 절망적인 표정을 지으며 미소도 짓지 않은 채 그녀를 바라보았다. 그녀는 나를 보자 화들짝 놀랐다. 그 순간 그녀의 얼굴에는 깊은 고뇌가 드러났다. 그녀는 차 쪽으로 걸어가면서 다시 침착해졌다. 나는 그녀의 가방을 가지러 갔다. 그림이 있는 잡지와 〈위마니테〉 같은 신문도 있었다. 크세니는 침대차를 타고 바르셀로나에 왔지만 〈위마니테〉를 읽은 것이다!

모든 일은 빠르게 진행되었다. 우리는 아무 말 없이 잠시 후 호텔에 도착했다. 크세니는 처음 보는 도시의 거리들을 바라보고 있었다. 그녀는 바르셀로나는 아름다운 도시라고 말했다. 나는 한 건물 앞에 운집한 동맹파업자들과 돌격대를 가리켰다.

그녀는 즉시 말했다.

"하지만 무서워요."

미셸은 호텔 로비에 있었다. 그는 평소처럼 어색하게 서둘러 댔다. 그는 분명히 크세니에게 관심을 갖고 있었다. 그녀를 보자 그는 활기를 띠었다. 그가 하는 말을 듣는 둥 마는 둥 그녀는 내가 예약해놓은 방으로 올라갔다.

나는 미셸에게 설명했다.

"난 지금 가봐야 돼……. 정확한 시간은 알 수 없지만 내가 오늘 저녁까지는 자동차로 바르셀로나를 떠난다고 크세니에게 말해주겠나?"

미셸은 내 안색이 안 좋아 보인다고 했다. 그 자신도 지루한 표정이었다. 나는 크세니에게 짧은 메모를 남겼다. 나는 지금 내게 일어나는 일 때문에 정신이 하나도 없다, 나는 당신에게 잘못만 저질렀다, 지금은 다른 식으로 행동하고 싶지만 지난밤부터는 그것도 불가능해졌다, 도대체 내가 어떻게 내게 무슨 일이 일어날지 예측할 수가 있었겠는가, 라고 나는 그녀에게 썼다.

그리고 계속해서 미셸에게 이렇게 이야기했다. 내가 크세니 걱정을 해야 될 개인적인 이유는 없지만 그녀는 정말 불행하다. 그녀를 혼자 남겨둔다고 생각하니 죄책감이 들었다.

나는 누가 내 자동차를 부숴버렸을지도 모른다는 불안에 휩싸여 서둘렀다. 아무도 차에 손을 대지 않았다. 십오 분 뒤에 나는 비행기 이착륙장에 도착했다. 한 시간 일찍 간 것이었다.

6

나는 줄을 잡아당기는 개 신세였다. 아무것도 보이지 않았다. 나는 시간 속에, 순간 속에, 피의 박동 속에 갇힌 채 방금 결박당해 죽을 위기에 처하자 끈을 끊으려고 애쓰는 인간처럼 고통스러워하고 있었다. 나는 지금 이상의 행복은 기대하지도 않았다. 도로테아의 삶은 내 생각보다 더 방종했다. 비행기가 도착하기 직전 모든 희망을 버리자 나는 침착해질 수 있었다. 나는 디르티를 기다리고 있었다. 사람들이 죽음을 기다리듯 그렇게 도로테아를 기다리고 있었다. 죽어가는 사람은 모든 것이 끝났다는 사실을 불현듯 깨닫는다. 그렇지만 잠시 후에 일어나게 될 일은 이 세상에서 유일하게 중요한 것이다! 나는 침착해졌지만, 낮게 날던 비행기는 불시에 땅에 내려앉았다. 나는 허둥지둥 달려갔다. 처음에는 도로테아를 보지 못했다. 그녀는 키 큰 노인 뒤에 있었다. 처음에는 그게 도로테아라는 확신이 들지 않았다. 가까이 다가갔다. 그녀의 얼굴은 병자처럼 수척했다. 힘이 없어서 내릴 때 도와줘야 했다. 그녀는 나를 건성으로 바라보며 고개를 숙인 채 꼼짝 않고 부축을 받았다.

그녀가 말했다.

"잠깐만……."

내가 말했다.

"내가 안아서 데려갈게."

그녀는 아무 대답 없이 자신을 맡겼고, 나는 그녀를 안아올렸다. 그녀의 여윈 몸은 꼭 해골 같았다. 몹시 고통스러운 모양이었다. 그녀는 꼭 인부 손에 안겨갈 때처럼 무심하게 내 품안에서 꼼짝 않고 있었다. 나는 그녀를 차 안에 앉혔다. 그녀는 그렇게 앉아서 나를 쳐다보았다. 빈정거리는 듯한 신랄한 미소를, 적대적인 미소를 지었다. 과연 그녀는 밑 빠진 독처럼 술을 마셔대던 석 달 전의 그녀와 같은 사람일까? 옷은 머리 색깔과 똑같이 노란색, 유황 색깔이었다. 유황색의 뼈는 태양의 뼈대라는 생각이 오랫동안 내 머릿속을 떠나지 않았다. 이제 도로테아는 폐물이 되었고, 생명은 그녀를 버린 것 같았다.

그녀가 낮은 목소리로 말했다.

"서둘러. 난 지금 당장 침대에 누워야겠어."

그녀는 몹시 피곤한 모습이었다.

나는 왜 파리에서 나를 기다리지 않았는지 물었다.

그녀는 내 말을 못 들은 것 같은 표정이었지만, 결국에는 이렇게 대답했다.

"더는 기다리고 싶지 않았어."

그녀는 초점을 잃은 눈으로 앞을 응시했다.

호텔 앞에서 나는 그녀가 차에서 내리는 걸 도왔다. 그녀는 엘리베이터까지 걸어가고 싶다고 했다. 나는 그녀를 부축했고,

우리는 천천히 걸었다. 방에서 나는 그녀가 옷 벗는 걸 도왔다. 그녀는 나지막한 목소리로 필요한 것을 이야기했다. 나는 그녀에게 고통을 주는 일은 피하면서 그녀가 원하는 속옷을 가져다 주었다. 그녀의 옷을 벗기고 그녀의 알몸이 드러나자(그녀의 야윈 몸은 덜 순수했다) 나는 가련한 미소를 떠올리지 않을 수 없었다. 그녀는 아픈 게 차라리 나았다.

그녀는 나를 진정시키려는 듯 말했다.

"이젠 안 아파. 하지만 힘은 하나도 없어."

나는 그녀의 몸에 입술을 스치지도 않았고 그녀도 나를 쳐다보지 않았지만, 방 안에서 일어난 일은 우리를 더욱 가깝게 만들었다.

머리를 베개 한가운데 두고 침대 위에 드러눕자 그녀의 표정이 부드러워졌다. 그녀는 곧 예전처럼 아름다워 보였다. 그녀는 잠시 나를 바라보더니 얼굴을 돌렸다.

덧문은 닫혀 있었지만 햇살은 덧문을 뚫고 들어왔다. 더웠다. 하녀가 얼음통 속에 담긴 얼음을 들고 들어왔다. 도로테아는 얼음을 고무주머니에 담아서 배 위에 놓아달라고 했다.

그녀가 말했다.

"거기가 아파. 얼음을 올려놓고 누워 있어야겠어."

그녀가 다시 말했다.

"어제 당신이 전화했을 때 난 외출하고 없었어. 보기만큼 아프진 않아."

그녀가 미소를 지었다. 하지만 그녀의 미소는 어색했다.

"마르세유까지 삼등열차를 타야 했어. 안 그랬으면 아무리 빨라도 오늘 밤 전에 출발하지 못했을 거야."

"왜? 돈이 부족했어?"

"비행기 탈 돈은 남겨둬야 했거든."

"당신 기차여행을 해서 병난 거 아냐?"

"아니, 한 달 전부터 아팠어. 기차가 이리저리 흔들릴 때 아팠어. 밤새도록 아팠어. 굉장히 아팠어. 하지만……."

그녀는 두 손으로 내 머리를 붙잡더니 고개를 돌리고 말했다.

"아파서 기뻤어."

이렇게 말하고 나자 나를 찾았던 그녀의 손들이 내게서 떨어졌다.

하지만 나와 만난 후로 그녀가 그런 식으로 내게 이야기한 적은 단 한 번도 없었다.

나는 몸을 일으켰다. 욕실로 가서 울었다.

곧 돌아와 그녀가 그랬던 것처럼 나도 냉담하게 행동했다. 그녀의 표정은 굳어 있었다. 그런 고백을 한 자신에게 복수라도 해야 된다는 것처럼 말이다.

열정적이면서도 접근할 수 없는 증오의 충동이 그녀를 사로잡았다.

"아프지 않았으면 오지 않았을 거야. 난 지금 아파. 그러니 우린 행복해질 거야. 결국 난 병이 나고 말았어."

격정을 억제하느라 얼굴을 찌푸리자 그녀의 모습이 보기 흉해졌다.

그녀는 흉측스럽게 변했다. 나는 내가 그녀의 이 격렬한 충동을 사랑한다는 걸 깨달았다. 그녀에게서 내가 사랑하는 것은 그녀의 증오였으며, 나는 그 증오가 그녀의 얼굴에다 새겨놓은 뜻밖의 추함을, 소름 끼치는 추함을 사랑하고 있었다.

7

내가 부른 의사가 도착했다고 했다. 우리는 잠이 들어 있었다. 내가 잠을 깬 그 어스름하고 생소한 방은 텅 비어 있는 것처럼 보였다. 도로테아도 동시에 깨어났다. 그녀는 나를 보자 소스라치게 놀랐다. 나는 안락의자 위에 우뚝 서 있었다. 나는 내가 어디 있는지 생각해내려고 애쓰는 중이었다. 더는 아무것도 알 수가 없었다. 지금 밤인가? 분명히 낮이었다. 나는 벨이 울리는 수화기를 집어들었다. 방으로 의사를 올려보내달라고 부탁했다.

나는 진찰이 끝나기를 기다렸다. 잠이 덜 깬 탓인지 기운이 하나도 없었다.

도로테아는 부인병을 앓고 있었다. 증세가 심각하지 않아서 빨리 회복할 거라고 했다. 여행이 상태를 악화시켰으므로 이제 여행은 하지 말아야 한다고 했다. 의사는 다시 오겠다고 했고, 나는 그를 엘리베이터까지 배웅했다. 그리고 그에게 바르셀로나 사태가 어떻게 되어가느냐고 물었다. 그는 두 시간 전부터 총파업이 시작되어서 정상적으로 돌아가는 건 아무것도 없으나 도시는 조용하다고 대답했다.

그는 평범한 사람이었다. 나는 내가 왜 바보같이 웃으며 그에게 이야기했는지 모르겠다.

"폭풍 전야의 고요함이군요……."

그는 악수를 하더니 나를 무식한 인간으로 생각했는지 대답도 않고 가버렸다.

도로테아는 긴장을 풀고 머리를 빗었다. 입술에 립스틱도 발랐다.

그녀가 말했다.

"좀 나아졌어……. 의사에게 뭘 물어봤어?"

"총파업이 일어났는데 아마 내전으로 확산될 것 같아."

"무슨 내전?"

"카탈로니아와 스페인 간의 내전이지."

"내전이라고?"

그녀는 내전이 일어난다는 생각을 하자 당황스러운 모양이었다. 나는 계속 이야기했다.

"당신은 의사가 시키는 대로 해야 해……."

그 말을 빨리 한 게 잘못이었다. 그늘이 스치는 듯했다. 도로테아의 얼굴이 굳어졌다.

"왜 내가 건강해져야 하는 거야?"

그녀가 말했다.

5장

죽은 자들의 날

1

5일, 도로테아가 도착했다. 10월 6일 저녁 10시에 나는 그녀 옆에 앉아 있었다. 그녀가 나와 헤어진 뒤 빈에서 뭘 했는지 내게 이야기해주고 있었다.

그녀는 성당으로 들어갔다.

성당에는 아무도 없었고, 그녀는 먼저 대리석에 무릎을 꿇은 다음, 배를 깔고 엎드리면서 두 팔을 십자가 모양으로 뻗었다. 그건 그녀에게 아무 의미도 없었다. 그녀는 기도를 한 게 아니었다. 그녀 스스로도 자기가 왜 그렇게 했는지 이해하지 못했다. 잠시 후 천둥이 여러 번 내리치자 그녀는 동요했다. 몸을 일으켜 성당을 나와 소나기를 맞으며 달리기 시작했다.

그녀는 어느 현관 아래로 들어갔다. 모자를 쓰고 있지 않아서 비에 젖었다. 현관 아래에는 챙 달린 모자를 쓴 아주 어린 소년이 있었다. 소년은 그녀를 보며 웃으려고 했다. 절망한 그녀는 웃을 수가 없었다. 그녀는 다가가서 그 소년에게 입을 맞추었다. 그녀는 소년을 만졌다. 그에 대한 응답으로 소년도 그녀를 만졌다. 그녀는 미친 듯이 흥분했고, 그 소년을 공포에 빠뜨렸다.

내게 말을 할 때 그녀는 긴장이 풀려 있었다. 그녀는 말했다.

"그 아이는 꼭 동생 같았어. 그 아이에게서 축축한 냄새가 났고 내게서도 그랬어. 나는 그 아이가 두려움에 떠는 순간 흥분해버린 거야.

그 순간 나는 도로테아가 이야기하는 걸 들으면서 바르셀로나를 잊어버렸다.

아주 가까운 곳에서 나팔소리가 들렸다. 도로테아가 문득 입을 다물었다. 그녀는 놀란 표정으로 귀를 기울였다. 그녀는 다시 말을 했지만 이번에는 정말로 입을 다물었다. 일제사격이 이루어졌다. 잠시 조용하더니 다시 사격이 시작되었다. 그리

멀지 않은 곳에서 뭔가가 폭포처럼 쏟아지는 소리가 들렸다. 도로테아가 몸을 일으켰다. 그녀는 두려워하지 않았지만, 어떤 비극적 돌발성이 떠오른 것 같았다. 나는 창문으로 갔다. 그날 밤에는 조명이 밝혀지지 않은 람블라 거리의 나무 아래로 소총으로 무장한 사람들이 고함을 지르며 뛰어가고 있었다. 그들은 람블라 거리가 아닌 인근 도로에서 총을 쐈다. 총에 맞아 부러진 나뭇가지가 떨어졌다.

나는 도로테아에게 말했다.

"이번엔 심상치 않아!"

"무슨 일이야?"

"나도 모르겠어. 정규군이 다른 편을 공격하는 것 같아(다른 편이란 카탈로니아인들과 대부분의 바르셀로나인들이었다). 칼레 페르난도에서도 총을 쏘는군. 여기서 아주 가까운 곳인데."

격렬한 소총전이 하늘을 뒤흔들고 있었다.

도로테아가 창문 중 한 곳으로 갔다. 나는 몸을 돌려 큰 소리로 말했다.

"당신 미쳤군. 지금 당장 침대로 가서 누워 있어!"

그녀는 남자용 잠옷을 입고 있었다. 머리가 헝클어지고 맨발인 그녀는 냉혹한 표정이었다.

그녀는 나를 밀치고 창밖을 바라보았다. 나는 땅에 떨어져 있는 부러진 나뭇가지를 가리켰다.

그녀는 다시 침대로 가더니 잠옷을 벗었다. 그녀는 옷을 벗은 채 주위를 살펴보기 시작했다. 꼭 미친 여자 같았다.

나는 물었다.

"뭘 찾는 거야? 당신은 침대에 누워 있어야 해."

"옷을 입을래. 당신이랑 함께 나가서 보고 싶어."

"당신 미쳤어?"

"나도 어쩔 수 없어. 나가서 볼 거야."

그녀는 걷잡을 수 없을 만큼 흥분해 있었다. 그녀는 거칠고 완강했으며, 격렬한 감정에 휩싸인 탓에 내 말은 듣지도 않고 자기 말만 계속했다.

바로 그때 누군가 문을 요란하게 흔들며 주먹으로 쾅쾅 두드렸다. 도로테아가 벗어놨던 잠옷을 집어던졌다.

크세니였다(나는 크세니를 미셸과 함께 남겨둔 전날 밤에 모든 걸 그녀에게 다 이야기했다). 크세니는 떨고 있었다. 나는 도로테아를 보았고, 그녀는 도발적으로 보였다. 그녀는 가슴을 벌거벗은 채 아무 말 없이 불쾌하게 서 있었다.

나는 크세니에게 퉁명스럽게 말했다.

"당신 방으로 돌아가. 여기선 할 일이 없으니까."

도로테아는 그녀를 보지 않고 내 말을 가로막았다.

"아녜요. 원한다면 여기 있어도 괜찮아요. 우리랑 같이 있어요."

크세니는 문간에서 꼼짝하지 않았다. 총소리가 계속해서 들려왔다. 도로테아가 내 옷소매를 잡았다. 그녀는 방의 반대편으로 나를 데려가더니 귀에 대고 말했다.

"난 무시무시한 생각을 하고 있어. 알아듣겠어?"

"무슨 생각? 난 이제 이해할 수가 없어. 왜 저 여자에게 남아 있으라고 했지?"

도로테아가 내게서 뒷걸음질쳤다. 그녀는 음험한 표정이었다. 그녀는 분명히 지쳐 있었다. 총소리가 머리를 뚫고 지나가는 것 같았다. 그녀는 고개를 숙인 채 도발적인 목소리로 이야기를 계속했다.

"당신도 알다시피 난 짐승이에요."

크세니도 그 말을 들었을 것이다.

나는 크세니 쪽으로 달려가서 애원했다.

"지금 당장 나가줘."

크세니 역시 내게 애원했다. 나는 대꾸했다.

"만약 당신이 여기 남아 있으면 무슨 일이 일어날지도 몰라."

도로테아는 크세니를 뚫어지게 쳐다보면서 빈정대듯 웃었다. 나는 크세니를 복도로 밀어냈다. 크세니는 저항하면서 들릴 듯 말듯한 소리로 내게 욕을 퍼부었다. 그녀는 처음부터 미친 상태였으며, 분명히 성적으로 흥분해 있었다. 나는 그녀를 떼밀었지만 그녀는 저항했다. 그녀는 꼭 악마처럼 소리를 지르기 시작했다. 격렬하고 폭력적인 분위기였다. 나는 있는 힘을 다해 그녀를 밀어냈다. 크세니는 쿵 넘어지면서 복도에 비스듬히 누워버렸다. 나는 문에 빗장을 걸었다. 나는 제정신이 아니었다. 나 역시 한 마리 짐승이었지만, 그러면서 떨고 있었다. 나는 내가 크세니에게 정신이 팔려 있는 틈을 이용해서 도로테아가 창문으로 몸을 날려 자살하는 장면을 상상하고 있었다.

2

도로테아는 기진맥진한 상태였다. 내가 안고 가도 그녀는 아무 말 없이 가만있었다. 그녀를 침대에 눕혔다. 그녀는 젖가슴을 드러낸 채 내 팔에 안겨 꼼짝도 않고 자신을 내맡겼다. 나는 다시 창문 쪽으로 가 덧문을 닫았다. 호텔에서 나가는 크세니를 언뜻 본 나는 몸이 오싹해졌다. 그녀는 람블라 거리를 뛰어서 건너갔다. 어쩔 도리가 없었다. 도로테아를 잠시도 혼자 내버려둘 수가 없었던 것이다. 크세니는 총격전이 벌어지는 쪽이 아니라 미셸이 사는 거리 쪽으로 걸어갔다. 그녀는 사라졌다.

소요는 밤새 계속되었다. 잠을 잔다는 건 불가능한 일이었다. 전투는 점점 더 격렬해졌다. 기관총들이, 그리고 이어 대포들이 불을 뿜기 시작했다. 도로테아와 내가 갇혀 있던 호텔방에서 들리는 그 소리는 뭔가 웅장했으나 도대체 무슨 소리인지 구분이 되지 않았다. 나는 방 안을 이리저리 서성이며 시간을 보냈다.

한밤중에 소강상태가 계속되는 동안 나는 침대 가장 자리에 앉아 있었다. 나는 도로테아에게 말했다.

"난 당신이 성당에 들어갔다는 게 이해되지 않아."

우리는 오래 전부터 침묵을 지키고 있었다. 그녀는 소스라치게 놀랐으나 대답은 하지 않았다.

왜 아무 말도 하지 않는지 그녀에게 물어보았다.

꿈을 꾸었다고 그녀는 대답했다.

"그런데 무슨 꿈을 꾼 거야?"

"모르겠어."

잠시 후 그녀가 말했다.

"난 신이 존재하지 않는다고 믿긴 하지만 신 앞에 엎드릴 수는 있어."

"어째서 성당에 들어갔냐니까?"

그녀가 침대 위에서 등을 돌렸다.

그녀가 말을 이었다.

"당신, 돌아가는 게 좋겠어. 이젠 나 혼자 있는 게 더 나을 것 같아."

"당신이 원한다면 나가줄게."

"당신은 가서 죽고 싶은 거야……."

"어째서? 소총으로는 많은 사람을 죽일 수 없어. 내 말 들어봐. 사람들은 끊임없이 총질을 하고 있어. 이 사실로 미뤄볼 때 포탄을 쏴도 사람들이 별로 안 죽는다는 걸 알 수 있지."

그녀는 자신의 생각을 따라가고 있었다.

"그게 더 솔직한 이야기일 것 같네."

순간 그녀가 내 쪽으로 돌아누웠다. 그녀는 아이러니컬한 표정으로 나를 바라봤다.

"당신이 돌아버릴 수 있으면 좋으련만!"

나는 눈썹 하나 까딱하지 않았다.

3

다음 날 오후, 시가전은 잠시 주춤하는가 싶다가도 다시 이따금씩 치열하게 되풀이되었다. 전투가 좀 잠잠해졌을 때 크세니가 호텔 로비 사무실에서 전화를 했다. 그녀는 전화기에 대고 소리를 질렀다. 그때 도로테아는 잠을 자고 있었다. 나는 호텔 로비로 내려갔다. 거기서 라자르가 크세니를 말리느라 애쓰고 있었다. 머리가 헝클어진 크세니는 더러웠고 꼭 미친 여자처럼 보였다. 라자르는 평소처럼 결연하고 음산해 보였다.

크세니는 라자르를 뿌리치더니 내게 달려들었다. 내 목이라도 조를 태세였다.

크세니가 소리쳤다.

"당신 도대체 뭘 한 거야?"

그녀의 이마에 난 큼지막한 상처의 찢겨진 딱지 아래로 피가 흘러내리고 있었다.

나는 그녀의 손목을 잡고 비틀어서 입을 열지 못하게 만들었다. 그녀는 몸에 열이 있었고, 바들바들 떨고 있었다.

크세니의 손목을 놓지 않은 채 나는 무슨 일이냐고 라자르에게 물었다.

라자르가 말했다.

"미셸이 방금 죽었는데 크세니는 그게 자기 잘못이라고 믿고 있어요."

나는 크세니가 못 움직이도록 애를 써야 했다. 라자르 말을 듣자 그녀가 발버둥을 쳤던 것이다. 그녀는 짐승처럼 내 손을 물어뜯으려고 했다.

라자르는 내가 크세니를 붙들도록 도왔다. 그녀는 크세니의 머리를 붙들었다. 나 역시 몸을 떨고 있었다.

얼마 후 크세니가 조용해졌다.

그녀는 우리 앞에서 미치다시피 했다.

그녀가 쉰 목소리로 말했다.

"왜 당신은 나한테 그런 짓을 했지?……. 당신은 나를 바닥에 내던졌어……. 꼭 짐승처럼 말이야……."

나는 그녀의 손을 잡고 아주 세게 움켜쥐었다.

라자르가 젖은 수건을 가지러 갔다.

크세니가 계속 말했다.

"미셸이랑 같이 있었을 때…… 난 끔찍했어……. 당신이 나랑 같이 있을 때처럼. 이건 당신 잘못이야. 그 사람은 나를 사랑했어, 이 세상에서 날 사랑한 건 그 사람뿐이야……. 당신이 나를 대했던 것처럼…… 나도 그 사람을 대했어. 그 사람은 머리가 돌아버렸어……. 그 사람은 죽으러 갔어……. 그리고 이제…… 미셸은 죽었어. 끔찍해……."

라자르가 그녀의 이마 위에 수건을 올렸다.

우리는 그녀를 방으로 데리고 가려고 양쪽에서 부축했다. 그녀는 마지못해 끌려갔다. 눈물이 흘렀다. 라자르도 울기 시작했다. 눈물이 그녀의 두 뺨을 타고 흘러내렸다. 그녀는 여전히 냉정하고 음산해 보여서 그녀의 눈물을 본다는 것은 끔찍한 일이었다. 우리는 크세니를 그녀 방 침대에 눕혔다.

나는 라자르에게 말했다.

"디르티가 여기 왔어요. 그 여자를 혼자 둘 수가 없군요."

라자르가 나를 보았고, 바로 그 순간 나는 그녀가 나를 경멸할 용기조차 잃어버렸다는 걸 깨달았다.

그녀는 그냥 이렇게 말했다.

"내가 크세니와 함께 있겠어요."

나는 라자르의 손을 잡았다. 나는 잠시 동안이나마 그녀의 손을 붙잡고 있었지만, 죽은 것은 내가 아니고 미셸이라는 생각을 벌써부터 하고 있었다. 그러고 나서 나는 크세니를 껴안았다. 그녀에게 진심 어린 입맞춤을 하고 싶었지만, 내가 위선자라는 생각이 들어 곧 그곳을 떠났다. 내가 나가는 걸 본 그녀가 미동조차 하지 않고 흐느껴 울기 시작했다. 나는 복도로 나갔다. 나도 그녀를 따라 울었다.

4

나는 도로테아와 함께 10월 말까지 스페인에 머물렀다. 크세니는 라자르와 함께 프랑스로 돌아갔다. 도로테아의 건강은 하루가 다르게 좋아졌다. 오후가 되면 그녀는 나와 함께 자주 햇볕을 쬐러 나갔다(우리는 어느 어촌에 머무르고 있었다).

10월 말이 되자 돈이 다 떨어졌다. 둘 다 마찬가지였다. 도로테아는 독일로 다시 돌아가야 했다. 나는 그녀를 프랑크푸르트까지 데려다주기로 했다.

우리는 어느 일요일 아침(11월 1일) 트리어에 도착했다. 다음 날 은행 문이 열릴 때까지 기다려야 했다. 오후가 되자 비가 내렸지만 호텔에 죽치고 있을 수는 없었다. 우리는 시골길을 걸어서 모젤 강 계곡이 내려다보이는 언덕까지 올라갔다. 날씨가 추웠고 비가 내리기 시작했다. 도로테아는 여행용 회색 모직 외투 차림이었다. 그녀의 머리는 바람을 맞아 헝클어졌고, 그녀의 몸은 빗물에 젖어 있었다. 우리는 도시를 빠져나올 때쯤 해서 콧수염이 길고 중산모자를 쓴 키가 작은 주민에게 길을 물었다. 그는 상대를 어리둥절하게 만들 만큼 친절하게 굴면서 도로테아의 손을 잡았다. 그는 우리가 방향을 분간할 수 있을 사거리까지 함께 갔다. 멀어져가던 그가 몸을 돌리더니 미소를 지어 보였다. 도로테아도 실망스러운 미소를 지으며 그를 바라보았다. 그 키 작은 남자가 하는 이야기를 잘 못 알아들은 바람에 우리는 거기서 조금 더 간 곳에서 실수를 하고 말았다. 우리는 모젤 강에서 멀리 떨어진 근처 계곡을 오랫동안 걸어야 했다. 흙, 움푹 패인 길의 돌, 이끼 하나 안 낀 바위가 모두 선명한 적색을 띠고 있었다. 숲과 경작지, 초원이 계속 보였다. 우리는 노랗게 물든 숲을 지나갔다. 눈이 내리기 시작했다. 짧은 바지와 소매 없는 검은색 벨벳 저고리 차림의 열 살에서 열네 살 또래의 아이들로 이루어진 히틀러 소년 친위대를 만났다. 그들은 딱딱거리는 듯한 목소리로 이야기를 나눌 뿐 다른 사람은 쳐다보지도 않고 빠르게 걸어갔다. 모든 게 다 음산했다. 광대한 회색빛 하늘이 서서히 눈으로 뒤덮이고 있었다. 우리는 걸음을 재촉했다. 경작이 된 고원을 지났다. 이제 막 만들어놓은 고랑들이 점점 더 많아졌다. 우리 머리 위로 눈이 끝없이 바람에 실려오고 있었다. 주변은 광활했다. 도로테아와 나는 추위가 얼굴을 후려치는 좁은 길에서 걸음을 재촉하다 보니 감각조차 잃어버렸다.

우리는 탑이 우뚝 솟아 있는 한 식당에 도착했다. 식당 안은 더웠으나, 그곳에는 11월의 더러운 빛이 있었고, 부유한 많은 가족들이 식탁에 자리를 잡고 앉아 있었다. 추워서 입술이 파리해지고 얼굴이 붉게 물든 도로테아는 아무 말도 하지 않았다. 좋아하는 과자만 먹고 있었다. 그녀는 여전히 아름다웠지만, 그럼에도 불구하고 그녀의 얼굴은 그 더러운 빛 속으로, 하늘의 회색빛 속으로 사라져가고 있었다. 다시 내려가기 위해서 우리는 숲 사이로 구불구불하게 나 있는 아주 짧고 편한 길로 접어들었다. 눈은 이제 내리지 않았고 흔적도 남기지 않았다. 우리는 서둘러 걸었다. 때로 미끄러지거나 비틀거렸다. 어둠이 내리고 있었다. 저 아래 어슴푸레한 빛 속으로 트리어 시가의 모습이 보였다. 도시는 모젤 강 저편으로 펼쳐져 있었고, 정사각형의 거대한 종탑이 도시를 내려다보고 있었다. 종탑은 어둠 속에서 서서히 그 모습을 감추었다. 숲 속의 빈 터를 지나면서 우리는 정자가 있는 정원에 둘러싸인 낮지만 넓은 집을 보았다. 도로테아는 그 집을 사서 나와 함께 살겠다고 했다. 이제 우리 사이에 존재하는 것은 오직 적대적인 환멸뿐이었다. 불안에서 벗어난 그 순간부터 우리는 서로에게 대수롭지 않은 존재가 되어버렸다. 우리는 그것을 분명히 느끼고 있었다.

전날만 해도 제대로 볼 수 없었던 도시의 호텔방을 향해 서둘러 갔다. 어둠 속에서 서로를 찾는 일이 생기기도 했다. 우리는 두려움을 느끼며 서로를 똑바로 쳐다보았다. 서로 연결되어 있었지만, 우리에게는 어떤 희망도 남아 있지 않았다. 길을 돌아서는 순간 빈 공간이 우리 발아래로 펼쳐졌다. 이상하게 그 빈 공간은 우리 머리 위의 별이 총총한 하늘만큼이나 무한해 보였다. 무수히 많은 작은 빛들이 바람에 흔들리면서 어둠 속에서 소리 없는 축제를 벌이고 있었다. 별들, 촛불들은 땅 위에서 수백 개씩 불타오르고 있었다. 땅 위에는 환하게 밝혀진 묘비들이 일렬로 늘어서 있었다. 나는 도로테아의 팔을 잡았다. 우리는 죽음을 연상시키는 별들의 심연에 매혹되었다. 도로테아가 내게 다가왔다. 그녀는 오랫동안 내 입술을 탐했다. 그녀가 나를 격렬하게 포옹하더니 얼싸안았다. 그녀가 그처럼 열정을 폭발시킨 것은 참으로 오랜만의 일이었다. 우리는 다급하게 길을 벗어나 경작지로 들어갔다. 우리는 여전히 묘지 위에 있었다. 도로테아가 몸을 활짝 열었고, 나는 성기까지 다 드러나도록 그녀의 옷을 다 벗겼다. 그녀도 나를 발가벗겼다. 우리는 경작지 위로 누웠고, 나는 잘 조종된 쟁기가 흙 속에 들이박히는 것처럼 축축한 그녀의 육체 속으로 들이박혔다. 육체 아래의 대지는 마치 무덤처럼 열려 있었고, 그녀의 발가벗은 배는 차가운 무덤처럼 내게 열렸다. 우리는 별이 뜬 묘지 위에서 사랑을 나누며 마비되었다. 불빛 하나하나는 무덤 속의 해골 하나를 뚜렷이 비추었고, 그리하여 불빛은 뒤엉킨 우리 육체의 움직임만큼이나 불안정하게 너울거리는 하늘을 만들었다. 날씨는 추웠고, 내 손은 흙 속에 들이박혔다. 나는 도로테아의 옷 후크를 끌렀고, 내 손가락에 달라붙어 있던 차가운 흙으로 그녀의 속옷과 가슴을 더럽혔다. 옷 밖으로 드러난 그녀의 젖가슴은 달빛처럼 새하얗다. 우리는 이따금씩 서로 떨어져서 우리 육체가 추위에 떨도록 내버려두었다. 우리의 몸은 마치 아랫니와과 윗니가 서로 딱딱 맞부딪히는 것처럼 떨리고 있었다.

바람이 숲 속에서 황량한 소리를 냈다. 나는 더듬거리며 도로테아에게 말했다. 나는 더듬거리면서 거칠게 말했다.

“내 해골……. 당신은 추워서 떨고 있어……. 이를 딱딱거리고 있어…….”

나는 말을 멈추었고, 그녀를 짓누른 채 움직이지 않았으며, 개처럼 헐떡거렸다. 갑자기 나는 그녀의 벌거벗은 허리를 힘껏 껴안았다. 나는 내 온 몸무게가 그녀에게 전해지도록 했다. 그녀는 끔직한 고함을 내질렀다. 나는 있는 힘을 다해 이를 악물었다. 그 순간 우리는 비탈진 땅으로 미끄러졌다.

아래쪽에는 바위가 불쑥 튀어나와 있었다. 내가 발로 미끄러지지 않게 바위를 딛지 않았더라면 우리는 어둠 속으로 떨어지고 말았을 것이다. 나는 우리가 하늘의 텅 빈 공간 속으로 떨어지는 게 아닐까 의아했다.

나는 바지를 끌어올려 몸을 일으켰다. 도로테아는 여전히 벌거벗은 엉덩이를 땅에 대고 누워 있었다. 그녀는 힘들게 일어나더니 내 손을 잡았다. 그녀는 내 벌거벗은 배에 입을 맞추었다. 흙이 내 털투성이 다리에 달라붙었다. 그녀는 흙을 털어내려고 손톱으로 긁었다. 내게 매달린다. 그녀는 엉큼하게, 미친 듯 음란하게 움직였다. 그녀는 나를 다시 쓰러뜨렸다. 나는 힘들게 다시 일어나 그녀가 일어서도록 도와주었다. 그러나 그것은 어려운 일이었다. 우리의 몸뚱어리와 옷은 흙투성이로 변했다. 벌거벗은 살덩어리만큼이나 흙도 우리를 흥분시켰다. 도로테아의 성기가 옷으로 덮이자마자 나는 다시 그걸 드러내놓았다.

묘지를 지나 돌아오니 작은 도시의 거리는 인적이 끊겨 있었다. 우리는 정원 사이의 낡은 집들로 이루어진 거리를 통과했다. 한 소년이 지나갔다. 그는 놀랍다는 듯 도로테아를 뚫어지게 쳐다보았다. 그녀는 진흙투성이의 참호 속에서 전쟁을 치르는 군인을 연상시켰지만, 나는 그녀와 함께 따뜻한 방으로 들어가서 불빛에 그녀의 옷을 벗기려고 서둘렀다. 소년은 우리를 더 잘 보려고 걸음을 멈추었다. 키가 큰 도로테아가 고개를 뺀더니 얼굴을 무섭게 찡그렸다. 부유하고 못생긴 그 소년은 뛰어서 사라졌다.

나는 어린 카를 마르크스를, 그가 나중에 성인이 되어 기른 수염을 생각했다. 지금은 런던 근처의 땅속에 묻혀 있는 마르크스 역시 어린 소년이었을 때는 트리어의 인적 없는 거리를 뛰어다녔으리라.

5

다음 날 우리는 코블렌츠까지 가야 했다. 코블렌츠에서 우리는 서로 헤어지게 될 프랑크푸르트행 기차를 탔다. 라인강 계곡을 거슬러올라가는 동안 가랑비가 내렸다. 라인강 기슭은 회색빛으로 나무 한 그루 없이 황량했다. 때때로 기차는 묘지를 따라 달렸고, 묘지의 무덤들은 눈처럼 떨어져 내리는 흰색 꽃들 아래로 사라졌다. 날이 어두워지면서 우리는 무덤의 십자가 위에 켜놓은 양초들을 보았다. 우리는 몇 시간 뒤에 헤어졌다. 도로테아는 8시에 남쪽으로 가는 기차를 프랑크푸르트에서 탈 예정이었다. 몇 분 뒤에 나는 파리행 기차를 타게 될 것이다. 빙거브뤼크를 지나자 어둠이 내렸다.

열 자간에는 우리뿐이었다. 도로테아가 말을 하려고 내게 다가왔다. 그녀의 목소리는 어린애 같았다. 그녀는 내 팔을 세게 붙잡으며 말했다.

"전쟁이 곧 일어날 거야, 안 그래?"

나는 나지막하게 대답했다.

"모르겠어."

"알고 싶어. 당신은 내가 때로 무슨 생각을 하는지 알고 있어. 난 전쟁이 일어날 거라고 생각해. 그러면 난 어떤 이에게 알려야 해. 전쟁이 시작됐다고. 난 그 사람을 만나러 가지만 그 사람은 그런 기대는 하고 있지 않을 거야. 그 사람은 얼굴이 하얗게 질릴 거야."

"그래서?"

"그게 전부야."

나는 물었다.

"당신은 왜 전쟁에 대해 생각하지?"

"모르겠어. 만일 전쟁이 일어나면 당신도 두려워하겠지?"

"아니."

그녀가 타는 듯 뜨거운 이마로 내 목을 누르며 가까이 다가왔다.

"내 말 들어봐, 앙리……. 난 내가 괴물이라는 걸 알지만 가

끔은 전쟁이 일어났으면 하는 생각을 해…….”

“안 될 이유는 없잖아?”

“당신도 그렇게 되길 원해? 당신도 죽게 될 거야, 안 그래?”

“왜 전쟁을 생각하지? 어제 일 때문에 그러는 거야?”

“응, 무덤 때문이야.”

도로테아는 오랫동안 내게 몸을 밀착시키고 있었다. 전날 밤 일로 지쳤다. 나는 잠을 자기 시작했다.

내가 잠들자 도로테아는 나를 깨우려고 몸은 움직이지 않은 채 음험하게 나를 어루만졌다. 그녀는 나지막한 목소리로 말을 계속했다.

“전쟁이 일어났다고 알려줄 그 남자…….”

“응.”

“그 사람, 빗속에서 내 손을 잡았던 그 수염나고 키 작은 사람이랑 닮았어. 정말 친절하고 아이들이 많은 남자야.”

“그럼 아이들은?”

“다 죽었어.”

“살해된 거야?”

“응. 난 그때마다 그 키 작은 남자를 만나러 갔어. 우스운 일이지, 안 그래?"

"당신이 아이들의 죽음을 그에게 알려준단 말이야?"

"응. 날 볼 때마다 그 사람 얼굴이 하얗게 질려. 난 검은 옷을 입고 찾아갔어. 그리고 당신도 알다시피 내가 떠날 때마다……."

"말해봐."

"내가 서 있는 발아래로 피 웅덩이가 있어."

"그럼 당신은?"

그녀는 한탄하듯, 돌연 애원하듯 숨을 내쉬었다.

"당신을 사랑해……."

그녀는 차가운 입을 내 입에 밀착시켰다. 나는 견디기 힘들 정도의 희열에 빠졌다. 그녀의 혀가 내 혀를 핥자 나는 황홀해서 곧 죽어도 좋을 것 같았다.

외투를 벗어버리고 내 품에 안긴 디르티는 나치 문양이 그려진 깃발의 붉은색을 연상시키는 진홍색 실크드레스를 입고 있었다. 드레스 아래의 그녀는 알몸이었다. 그녀는 젖은 흙 냄새를 풍겼다. 나는 그녀에게서 떨어졌다. 별안간 흥분이 되기도 했고(나는 움직이고 싶었다) 또 한편으로는 객차 끝으로 가고 싶기도 해서였다. 복도에서 나는 훤칠한 키에 눈부시게 잘생긴 나치돌격대 장교를 두 번이나 성가시게 만들었다. 그는 환한 기차 안에서조차 구름 속을 헤매는 푸른색 질그릇 같은 눈을 가지고 있었다. 그는 마음속으로 발키리가 부르는 소리를 듣고 있는 듯했지만, 그의 귀는 병영의 나팔소리에 더욱 민감할 것이다. 나는 객실 입구에 멈춰 섰다. 디르티가 등불을 약하게 조정했다. 그녀는 희미한 불빛 아래 꼼짝 않고 서 있었다. 그녀는 내게 두려움을 불러일으켰다. 어두웠지만 그럼에도 불구하고 나는 그녀의 뒤에서 광활한 평원을 보았다. 디르티는 나를 보았지만, 그녀는 멍한 표정으로 무시무시한 꿈속을 헤매고 있었다. 가까이 다가간 나는 그녀가 울고 있다는 걸 알았다. 그녀를 껴안았지만 그녀는 입맞추기를 거부했다. 나는 왜 우냐고 물었다.

나는 생각했다.

난 저 여자에 대해서 아는 게 없어.

그녀가 대답했다.

"그냥요."

그녀가 울음을 터뜨렸다.

나는 그녀를 껴안으면서 어루만졌다. 나 역시 울고 싶었다. 그녀가 왜 우는지 알고 싶었지만 그녀는 더는 입을 열지 않았다. 나는 내가 객차 안으로 다시 들어왔을 때와 똑같은 모습을 하고 있는 그녀를 보았다. 내 앞에 서 있는 그녀는 유령의 아름다움을 지니고 있었다. 또다시 나는 그녀에 대한 두려움에 사로잡혔다. 나는 그녀가 몇 시간 뒤면 나를 떠난다는 생각에 불현듯 불안해지면서 이렇게 생각했다. 그녀는 너무나 탐욕스럽기 때문에 살아가는 게 무척 힘들 것이다. 그녀는 살아갈 수 없을 것이다. 레일 위를 달리는 바퀴가, 으스러뜨리는 바퀴가 내는 소리가 발밑에서 들렸다.

6

마지막 시간들이 빠르게 흘러갔다. 프랑크푸르트에서 내가 방에 들어가려고 하자, 그녀는 거부했다. 우리는 함께 저녁을 먹었다. 견뎌낼 수 있는 유일한 방법은 무슨 일인가를 하는 것뿐이었다. 플랫폼 위에서의 마지막 몇 분은 참아내기가 힘들었다. 떠날 용기가 나지 않았다. 그녀를 며칠 뒤에 다시 만나기로 했지만 나는 강박관념에 사로잡혀서 그전에 그녀가 죽어버릴지도 모른다고 생각했다. 그녀는 기차와 함께 사라졌다.

나는 플랫폼 위에 혼자 남았다. 밖에서는 비가 억수처럼 쏟아지고 있었다. 나는 울면서 그곳을 떠났다. 걷기가 힘들었다. 뭐라고 설명하기 힘든 디르티의 입술 냄새가 아직 내 입에 남아 있었다. 나는 철도회사에서 일하는 한 남자를 뚫어지게 쳐다보았다. 그는 나를 지나쳐 멀어졌다. 나는 그 남자 앞에서 어떤 불편함을 느꼈다. 왜 그는 내가 입을 맞출 수 있는 한 여인과 아무런 공통점도 없는 것일까? 그는 그 자신의 눈과 입, 엉덩이를 갖고 있었다. 그 입은 내게 토하고 싶은 욕구를 불러일으켰다. 그 입을 한 대 때려주고 싶었다. 그는 비만한 부르주아처럼 생겼다. 나는 그에게 화장실이 어디 있는지 물었다(나는 가능한 한 빨리 그곳으로 달려가야 했다). 흐르는 눈물을 닦을 수조차 없었다. 그는 독일어로 화장실 위치를 가르쳐주었다. 알아듣기가 어려웠다. 나는 대합실 끝까지 갔다. 격렬한 음악소리, 견디기 힘들 만큼 날카로운 소리가 들렸다. 나는 그때까지도 울고 있었다. 역 입구에서 나는 저 멀리 넓은 광장의 반대편에 환하게 밝혀진 극장과, 극장 계단에서 벌어지는 제복 입은 악사들의 퍼레이드를 보았다. 그 소리는 장려하고, 귀청을 찢을 듯했으며, 환희에 넘쳤다. 나는 놀라서 즉시 울음을 멈추었다. 화장실에 가고 싶다는 생각이 들지 않았다. 나는 억수 같이 내리치는 비를 맞으며 빈 광장을 뛰어서 가로질렀다. 나는 극장의 현관 지붕 아래에서 비를 피했다.

군대식 대형을 이룬 아이들이 극장 계단 위에서 꼼짝도 않고 있었다. 벨벳 소재의 검은색 짧은 바지와 어깨끈 장식이 있는 작은 윗도리 차림에 모자는 쓰지 않았다. 오른쪽에는 피리가, 왼쪽에는 납작한 북이 있었다.

그들의 연주가 격렬하게 삐걱거리는 리듬이어서 나는 숨이 멎을 만큼 깜짝 놀랐다. 그처럼 둔탁한 소리를 내는 북은, 그처럼 날카로운 소리를 내는 북은 생전 보지 못했다.

소낙비 쏟아지는 빈 넓은 광장 앞에서 뜸하게 지나가는 행인을 위해 어둠 속에서 연주를 하고 있는 그 모든 나치당 아이들은(그들 중 몇 명은 인형 같은 얼굴에 금발이었다) 막대기처럼 뻣뻣

한 모습이어서 대파국의 환희에 빠져든 것처럼 보였다. 물고기처럼 통명스런 얼굴에 극단적으로 여윈 소년 지휘자가(때로 그는 고개를 돌려 큰 소리로 구령을 붙이면서 투덜거렸다) 고적대장이 쓰는 긴 지휘봉으로 그들을 보며 박자를 또박또박 맞추었다. 그는 음란한 동작으로 지휘봉(그럴 때의 지휘봉은 색실을 엮어서 장식한 거대한 원숭이의 페니스처럼 보였다)의 둥그스름한 끝부분을 음부 위에 갖다댄 다음 똑바로 세웠다. 그러고 나서 그는 더러운 짐승 새끼처럼 갑작스럽게 지휘봉 끝을 입 높이까지 올렸다. 배에서 입으로, 입에서 배로의 왕복은 급격하고 불규칙적이었으며 기관총을 일제히 쏴대는 듯한 북소리에 끊기기도 했다. 그 광경은 음란했다. 그것은 무시무시했다. 만일 내가 보기 드문 침착성의 소유자가 아니었더라면 도대체 어떻게 그 증오에 찬 자동인형들을 바라보며 돌벽을 마주 보는 것처럼 침착하게 서 있을 수 있었겠는가? 어둠 속에서 울리는 북소리는 전쟁과 살인을 부르는 주문이었다. 북소리는 결국 피비린내나는 대포 소리로 바뀔 것이라는 희망 속에 절정을 향해 치닫고 있었다. 나는 전투대형을 이루고 있는 소년병들을 멀리 바라보았다……. 그들은 꼼짝 않고 있었지만, 사실은 최면 상태에 들어간 것이었다. 나는 죽음을 만나고 싶은 욕망에 홀린, 언젠가 태양 아래 웃으며 전진하게 될 끝없는 벌판의 환각에 사로잡힌 아이들을 멀지 않은 곳에서 지켜보았다. 그들은 죽어가는 자들과 죽은 자들을 그들 뒤에 남겨놓으리라.

삶보다 훨씬 더 날카로운 살인의 밀물(붉은 피는 삶 속에서보다 죽음 속에서 더 반짝반짝 빛나기 때문이다)을 노부인들의 희극적인 애원으로 가로막는 건 불가능할 것이다. 모든 것이 화염과 천둥에 뒤섞여 불붙은 유황만큼이나 희뿌연 색을 띠고 있었다. 숨통을 틀어막는 대화재로 번질 운명이 기다리고 있었다. 크게 웃고 났더니 현기증이 났다. 이런 대재난에 직면해 있는 자신을 발견하는 순간 나는 불길한 아이러니를, 그 누구라도 고함을 지르지 않을 수 없는, 발작의 순간에 나타나는 아이러니를 느꼈다. 음악이 그쳤다. 비가 그친 것이다. 역으로 천천히 돌아갔다. 열차가 편성되어 있었다. 나는 기차 안으로 들어가기 전에 플랫폼을 따라 잠시 걸었다. 기차는 지체 없이 출발했다.

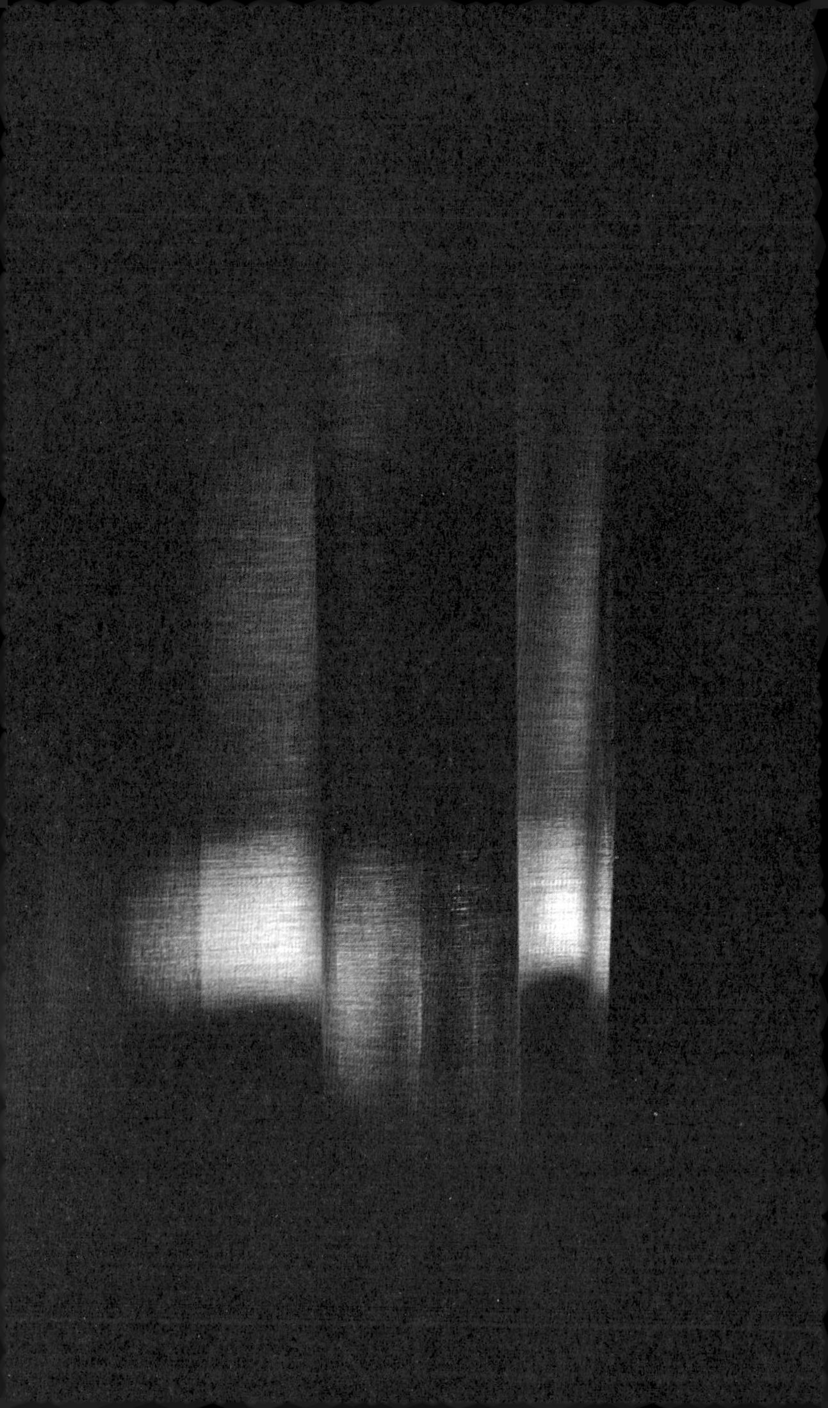

부록

《하늘의 푸른빛》에 대하여

차지연◆

본래 1935년에 탈고한 《하늘의 푸른빛》은 그로부터 거의 이십 년이 지난 뒤에야 빛을 보게 되었다. 이 작품은 바타유가 만 육십 세가 되던 해인 1957년에, 사회학적 고찰을 담은 에세이 《에로티슴》, 문학비평 모음집 《문학과 악》과 함께 각각 다른 출판사에서 동시에 출판되었다. 《하늘의 푸른빛》은 포베르Pauvert 출판사에서, 《에로티슴》은 미뉘Minuit 출판사, 《문학과 악》은 갈리마르Gallimard 출판사에서 각각 출판되었다.*

왜 이 책의 출판을 위해 이렇게 오랜 시간을 기다려야 했을까? 사실 《하늘의 푸른빛》은 탈고 직후 바타유가 작품을 보여주었던 주변 사람들로부터 출판을 권유받았고, 실제로 앙드레 말로를 통해 갈리마르 출판사에서 출판할 계획까지 했지만, 편집자를 찾지 못하여 불발되었다고 전해진다.** 그런데 이와 별개로 소설 출간이 늦어진 것은 정치적인 이유도 작용했다고 생각해볼 수 있겠다. 바타유 스스로가 서문에서 밝히고 있듯, 이 소설은 거대한 전쟁의 '전조'들을 그려내고 있다. 스페인 내전이 벌어지고 제2차세계대전이 임박한 유럽의 당시를 묘사하고 있는 이 책의 배경 속에서 바타유의 자전적 인물이라고 볼 수 있는 트로프만이 보이고 있는 태도는, 만일 1930년대에 곧장 출간되었다면 좌파 진영으로부터 엄청난 정치적 반박을 받았을 것이 분명하다. 트로프만은 혁명이나 전쟁에 대해 우유부단하고 냉소적인 모습을 보이는데, 실제로 바타유 역시 공산주의 혁명 운동에 적극적으로 가담하지 않는다는 이유로 동시대 활동가들로부터 파시즘에 동조하는 인물이라는 비난을 사기도 했다. 그러나 바타유는 그 누구보다도 격렬하게 부르주

* 1957년 10월 4일, 세 출판사는 바타유의 예순 번째 생일을 맞아 합동 축하연을 마련했고, 여기에서 이 세 작품의 홍보책자를 배포하였다. (Marina Galleti, 《Chronologie》, in Romans et récits, Paris : Gallimard, Bibliothèque de la Pléaiade, 2004, p.CXXXIII.)

** Jean-François Louette, 《Notice》 du Bleu du ciel, in Romans et récits, ibid., p.1937.

아지를 공격하고 파시즘의 횡포에 우려를 표했던 좌파 지식인이었다. 그는 마르크스의 정치사상을 지지했지만, 인간의 모든 활동을 혁명이라는 목적에 종속시키려는 공산주의 지식인들의 움직임과는 거리를 두고자 했다. 그는 어느 것에도 무엇에도 예속되지 않는 인간, 타인을 수단으로 사용하지도 않는 인간인 '주권적主權的 인간'***에 대해 역설해왔다. 그랬던 그의 생각과, 혁명을 위해 스스로를 투신하고 봉사할 것을 강조하는 당시 프랑스 공산주의자들의 주장 사이에는 간극이 있을 수밖에 없었고, 그래서 바타유는 브르통이 이끄는 초현실주의자 그룹과도, 사르트르로 대표되는 실존주의자 모임과도 갈등을 빚은 것이었다.

작가 바타유 자신의 모습과 상당히 닮아 있는 주인공 화자 트로프만Troppman의 이름은 '너무'라는 의미의 프랑스어 부사 'trop'와 '인간'을 뜻하는 영어 단어 'man'이 합쳐져 '잉여 인간', 혹은 '인간적인 너무나 인간적인' 존재라는 의미를 담고 있다. 소설 속에서 트로프만은 술집과 사창가를 드나들며 방탕

*** 바타유 사유의 핵심적 개념 중 하나인 'souveraineté'를 '주권성主權性'으로, 형용사형인 'souverain'은 '주권적主權的'으로 번역하기로 한다.

하게 생활하는 중에 가끔 글을 쓰는 사람으로 묘사되는데, 이는 젊은 시절 바타유의 모습과 크게 다르지 않다. 그리고 실제로 이 소설을 쓰던 1934년과 1935년 사이에 바타유는 스페인과 독일을 여행하기도 했고, 이후 그의 삶에서 가장 중요한 자리를 차지하게 될 연인 콜레트 페뇨—로르라고도 불린다—를 만나게 되기도 했다. 1938년 그녀가 폐결핵으로 바타유의 아파트에서 숨을 거두기까지 그들이 맺었던 짧고도 강렬한 연인 관계는 이후 작가의 사유와 글쓰기에 지대한 영향을 미쳤다는 점을 밝혀둔다.

이 소설은 물론 허구적인 작품이지만, 그 바탕에는 작가의 자전적인 이야기와 당시 그가 직접 목격한 당시 유럽의 정치적 상황이 고스란히 깔려 있다. 여기에서는 작가와 작품에 대한 이해를 돕기 위해, 작품을 구성하고 있는 몇 가지 주제—트로프만이 만나는 여성, 그가 자리하는 공간, 그가 올려다보는 하늘의 빛깔—를 중심으로 소설의 흐름을 간단히 짚어보고자 한다.

1

세 여자 : 디르티, 라자르, 크세니

디르티와 신성神聖

소설의 문을 여는 '서장'에서부터 독자는 호화로운 사보이 호텔의 어느 방에 잔뜩 취한 채 늘어져 있는, 아름답지만 타락한 여인 디르티를 마주하게 된다. '서장'은《눈 이야기》를 쓰기 전인 1927년에 썼던 짧은 텍스트 〈디르티Dirty〉를《하늘의 푸른빛》에 옮겨놓은 것이다. 이름 그대로 '더러운' 이 여성의 모습은《하늘의 푸른빛》뿐 아니라 바타유가 쓴 거의 모든 소설 속 여주인공의 특징으로 반복적으로 변주되어 나타난다.《눈 이야기》의 시몬,《C 신부L'Abbé C.》의 에포닌,《마담 에드와르다Madame Edwarda》의 동명의 주인공 에드와르다,《불가능》에서 주인공 화자가 사랑하는 여인 B,《내 어머니Ma mère》에서 주인공의 어머니인 엘렌……. 이 모든 여인들은 모두 위험할 정도로 방탕한 삶에 스스로를 내던지고, 그녀를 사랑하는 남성 주인공 화자를 더 깊은 타락으로 끌어당기는 역할을 맡고 있는데, 디르티는 그녀들의 원형이라 할 수 있다.

이 여성들은 바타유가 자신의 이론 저작들에서 끊임없이 강조하고 있는 '신성'을 구현하고 있다. 게다가 디르티의 본명인 '도로테아'라는 이름은 '신의 선물'이라는 의미에서 비롯된 것이다. 그런데 '신성한 여인'이라는 말이 일반적으로 떠올리는 이미지가 순결하고 성스러운 천사 같은 여성의 모습이라면, 바타유가 보여주는 이 여인들은 정반대의 모습이다.

바타유가 보여주고자 하는 것은 벌거벗은 몸으로 오물과 토사물을 쏟아내는 비천함 속에서 발견되는 신성이다. 에로티슴 개념을 중심으로 전개된 그의 사회학적 연구 저작들에서 신성이 의미하는 바는 간단히 말해 인간의 노동 활동을 방해하기 때문에 인간 사회에서 금지된 것, 접근해서는 안 될 것, 그렇기 때문에 인간이 안정된 삶을 영위하는 한 절대로 알 수 없을 것, 즉 '폭력'과 '죽음'에 맞닿아 있다. 그러한 폭력과 죽음을 두려워하지 않고 가장 낮은 곳으로 자신을 한없이 내던져버릴 수 있는 여인들을 바타유는 '주권적'이라 말한다. 세상이 정해놓은 금기를 위험과 괴로움을 감내하면서도 계속해서 위반하고, 그럼으로써 무엇에도 구속받지 않고 매달리지 않을 수 있는 인간. 디르티를 비롯한 바타유 작품 속 여인들은 모두 그런 의미에서 주권적 여성이다. 그렇다면 모든 타락한 여인은 다 신성하거나 주권적인가? 라자르는 트로프만에게 이렇게 묻는다. "방탕함이 그것으로 먹고사는 창녀들을 타락시킨다고 생각하면서, 어떻게 그 방탕함 때문에 그녀를 고귀하다고 생각할 수 있는지, 난 이해할 수 없어요……."(54쪽) 바타유의 논리에 따르자면 창녀가 방탕한 삶을 이어나가는 이유는 '먹고살기' 위해서이다. 창녀의 방탕함은 생존이라는 목적에 종속된 일종의 노동이다.* 하지만 소설 속 디르티와 같은 여인들은 대체로 부유하고, 그녀들의 자발적 타락은 자신을 둘러싼 세상의 규율에 대한 반항과 다름없다. 그래서 디르티는 방탕하고 더러울수록 더욱 '고귀해' 보이기까지 하는 것이다.

* 바타유의 이러한 생각은 비난받아 마땅할 것이다. 바타유 소설 속 여성들이 단지 남성의 성적 대상으로만 기능하는 것이 아니라 오히려 남성을 지배하는 주체적 역할을 맡고 있다 해도, 그것 역시 남성인 바타유의 성적 환상의 대상에 지나지 않는다고 비판할 여지도 충분하다. 이와 관련하여 바타유의 연인이었으며 그가 묘사한 '주권적' 여인의 모델이기도 했던 로르가 자신과 어울리던 남성 지식인들을 향해 던졌던 일갈을 인용해볼 수 있겠다. "어떻게 인간 존재의 권리들을 존중한다는 자들이, 그러니까 프롤레타리아를 존중한다는 자들이, 창녀에 대해서는 자기 쾌락의 도구로 볼 수가 있는 거지?" (Margot Brink, 《Le motif du regard》, Cahiers Laure n°1, 2013, Meurcourt : Éditions les Cahiers, p.72)

겁에 질린 두 남녀는 의자에 앉은 아름다운 여인의 다리를 따라 가느다란 물줄기가 흘러 의자를 타고 내리는 것을 보았다. 오줌이 작은 웅덩이를 이루며 카펫 위에서 점점 불어나는 동안, 의자에 실성한 듯 벌건 얼굴로 찌푸리고 앉아 있는 여인의 옷 아래에서, 목에 칼을 받기 직전의 돼지가 내는 듯한 소리가 묵직하게 들려왔다…….(25-26쪽)

누군가의 시중을 드는 일로 먹고사는 사람들, 사보이 호텔의 엘리베이터 보이와 하녀의 눈앞에서 디르티는 아무 상관 없다는 듯 오물을 쏟아낸다. 여기서 바타유는 디르티가 배변하는 소리를 돼지 멱따는 소리에 비유하는데, 다른 텍스트에서 바타유는 신神의 이미지를 돼지와 연결시키고 있다는 사실을 참고로 덧붙인다. 《마담 에드와르다》에서 에드와르다는 도발적으로 의자에 앉아 자신의 성기를 주인공에게 드러내보이며 "내가 신이다"라고 선언한다. 그리고 이 작품 말미에서 바타유는 주인공 화자의 손을 빌려 "신은, 그가 '안다면' 한 마리 돼지일 것이다"라는 의미심장한 문장을 쓴다. 바타유가 상상하는 신의 모습이, 가장 높은 곳에 우아하게 자리잡은 존재가 아니라 도살장에 끌려온 돼지의 형상이라는 점은, 그가 가장 비천하고 혐오스러운 곳에서 신성을 발견하고 느낀다는 사실을 다시 한 번 확인시켜준다.

투사鬪士 라자르

"희생도 불사하겠다는 의지"(67쪽)에 사로잡혀 있고 "무슨 일이 있더라도 우리는 억압받는 사람들 편에 서야"(93쪽) 한다고 말하는 라자르는 정치적 운동에 적극적으로 가담하는 투사이다. 그녀에 대한 묘사를 통해 볼 때, 라자르는 바타유가 한때 자주 만났던 공산주의 철학자이자 운동가 시몬 베유를 모델로 창조한 인물이라고 알려져 있다.*

트로프만은 라자르를 경멸한다고 말하지만, 동시에 그녀 역시 자신을 경멸할 것을 알면서도 그녀에게 자신의 부끄러운 비밀까지 모든 이야기를 털어놓는 양가적인 태도를 취한다. 그녀는, 바타유가 비판했던 여러 공산주의 철학자들처럼 혁명이라

* Louette, 《Notice》, art.cit., p.1039.

는 목적에 종속된 인간인 동시에, 어느 스페인 노동자와 우발적으로 결투를 벌이기도 하는 의외의 면모를 띠고 있으며, 또한 디르티와는 전혀 다른 의미에서의 성스러움—마치 기독교 사제나 수녀와도 같은—을 지닌 여성이기도 하다. 무엇보다도 라자르는, 트로프만이 두려워하는 꿈속의 '기사'처럼 죽음에 대한 공포를 불러일으키는, "무덤 냄새"(140쪽)를 풍기는 여성이다.

두려워하고 혐오스러워하지만, 트로프만은 어쩌면 라자르에게서 자기 자신의 모습을 보고 있는 것일지도 모른다. 어린 시절 "자신을 고통에 단련시키고 싶"(156쪽)어서 자기 손에 펜촉을 찍던 그와, "고문을 견뎌내려고"(131쪽) 자기에게 침을 놓아달라고 한 라자르는 닮은 구석이 있다. 또한 바르셀로나에서 노동자들과 봉기를 준비하는 과정에서 라자르는 실질적으로 쓸모 있는 무기창고 습격 대신 감옥을 공격하자고 주장하는데, 트로프만은 특히 이 이야기에 흥미를 느낀다. 이 대목은 바타유가 그의 문학비평집《문학과 악》중 사드의 삶과 작품을 다루는 글에서 주목했던 부분을 떠올리게 한다. 프랑스대혁명의 시발점이 되었던 바스티유 습격 사건 때 사드는 우연히도 그곳에 갇혀 있었는데,《소돔 백이십 일》은 바로 사드가 그 감옥 안에 갇혀 있으면서 쓴 작품이었다. 바타유는 바스티유 습격으로 점화되었던 프랑스대혁명과, 자신의 정념을 글쓰기를 통해 표출했던—그리고 그렇게 쓴 원고를 감옥에서 의도치 않게 탈출하면서 잃어버린 뒤 살아생전에 되찾지 못했던— 사드의 파란만장한 삶을 연결짓는다.* 게다가 바타유에 따르면, 세상 사람들이 '악惡'이라는 단어로 지칭하고 있는 것은, 어떠한 목적을 이루기 위해 이득이 되지 않는다고 판단되는 무용無用한 행위들과 잉여분들이라는 것이다. 그런 그의 논의를 아주 단순하게 이해하자면, 그가 '악'이라 부르는 것들은, 결국 어디에도 종속되지 않음을 가리키는 '주권성'의 개념과 상당 부분 만난다고 볼 수 있다.** 작품 속에서 폭동에 참여하는 미셸은 "감옥은 습격해봤자 아무 이득이 없"(161쪽)다고 판단하며 반대하지만, 라자르는 순수하게 자신의 사상을 위해 고집을 부린다. 이런 이유로 트로프만은 "그녀는 소름 끼치는 여자이지만, 프랑스대혁명을 이해하는 유일한 사람"(162쪽)이라고 평가한다. 이처럼

* Georges Bataille, La Littérature et le mal, in Œuvres Complètes tome IX, Paris : Gallimard, 1979, pp.240-243. 그런데 여기서 바타유는, 사드는 그저 우연히 그런 사건에 휘말리게 된 것이지 그 자신이 본래 혁명주의자였던 것은 아니었다고 강조하면서, 그를 혁명의 아이콘으로 치켜세우는 초현실주의자들에 반박한다.

라자르를 대하는 트로프만의 이중적 태도에는, 어쩌면 공산주의를 사상적으로 지지하면서도 당대를 지배했던 투쟁의 방향성에는 동조할 수 없었기에 자신만의 독특한 방식으로 투쟁을 이어나갔던 바타유 자신의 자조적인 초상화가 그려져 있다고 볼 수 있을 것이다.

크세니와 희생제의

트로프만은 기차역에 마중 나가서 만난 그녀를 보며 "크세니는 침대차를 타고 바르셀로나에 왔지만 〈위마니테〉를 읽은 것이다!"(186쪽)라고 놀란 듯 외친다.*** 그의 눈에 비친 크세니

** 이 대목에서 사르트르와 바타유 사이의 메울 수 없는 간극이 발생하는데, 왜냐하면 바타유는 끝없이 주권성을 탐색하고 긍정적 의미를 부여하는 것 같지만 거기에 곧바로 '선'의 가치를 부여하지 않기 때문이다. 다시 말해, 그는 일반적으로 사회에서 '선'이나 '악'이라 불리는 것을 그것 그대로 '선'과 '악'이라 칭할 뿐, 그 두 가지 개념을 뒤바꾸어 사용하지는 않는다. 그런 그에게 있어 주권성이란, 선과 악 둘 중 하나로 치환될 수 없는 무엇이다. 이와 관련해서는 바타유, 사르트르, 이폴리트(Hyppolite) 등이 참석하여 주고받았던 질의응답이 기록되어 있는 다음 글을 참조하였다. 《Discussion sur le péché》, in Œuvres Complètes tome VI, Paris : Gallimard, 1973, pp.331-350.

*** 잡지 〈위마니테(L'Humanité)〉는1904년 프랑스 사회주의 활동가인 장 조레스(Jean Jaurès)에 의해 창간되어 최근까지 백여 년 동안 프랑스 공산주의 운동의 여론을 대표해 온 잡지다.

를 한마디로 요약하자면, 부유한 집안 출신이지만 좌파 정치사상에 깊은 관심을 보이는, 해맑고 예쁜 여성 정도로 말할 수 있을 것이다. 주인공 화자의 묘사 속 그녀는 예쁜 옷을 입고 "녹색 표지의 아방가르드 잡지"(74쪽)를 들고 다니거나 "사드가 굉장하다고 생각"(101쪽)하는 것으로 보아 초현실주의에 경도되어 있고, 또 "기회 있을 때마다 자신의 공산주의자적 견해를 공표"(179쪽)하기도 한다. 위에서 말했듯, 트로프만은 정치 투쟁에 대해서는 물론이고 자기 주변에서 벌어지는 모든 일에 냉소적이거나 무관심한 채 술집들을 전전하며 여자들을 희롱하는 방탕한 생활을 이어나가고 있었다. 크세니는 그런 그를 진심으로 사랑하게 되어 그가 병이 났을 때 간호까지 자청하지만, 그녀를 향한 트로프만의 시선에는 그녀에 대한 무시와 경멸이 담겨 있음을 부인하기 힘들다. 결국 크세니는 트로프만을 중심으로 벌어지는 모든 극적인 상황에서 매번 희생자가 되고 만다. 첫 만남에서 크세니는 트로프만이 충동적으로 한 행동 때문에 허벅지를 포크에 찔려 피를 흘린다. 얼마 뒤 그녀는 시간증屍姦症이 있다고 고백한 연인을 위해 그의 침대 위에 시체처럼 죽은 듯 누워준다. 심지어는 그를 만나려고 위험을 무릅쓰고 바르셀로나까지 찾아오지만, 그사이에 등장한 디르티라는 연적 때문에 호텔 바닥에 내동댕이쳐지기까지 한다.

그녀는 이렇게 트로프만이 집행하고 있는 희생제의의 제물 역할을 맡는다. 바타유의 에로티슴 논의에서 '희생제의' 역시 중요한 키워드인데, 그는 희생제의의 본질에 대해 이렇게 언급한다. 희생제의에는 우선 "희생자의 죽음(혹은 어떤 방식에 의하면 희생당하는 대상의 파괴)이 있다. 희생자는 죽고, 제의 참석자들은 죽음을 불러일으키는 어떠한 요소에 동참하게 된다. 이 요소에 종교 역사가들과 같이 이름 붙이는 것이 가능하다면, 그것은 신성으로 명명할 수 있을 것이다."* 앞에서 디르티가 신성을 구현하는 인물이라고 말했다. 트로프만도 그리고 그를 창조한 바타유도 모두 신성의 체험을 찾아 헤매고 있다. 소설 속 주인공은 언제 다시 만날지 모를 디르티를 기다리다가 크세니를 이용한 것이다. 허벅지에서 새어나온 피를 받아 마시는 트로프만의 모습은 마치 신에게 제물로 바친 동물의 피를 받아 마시는 제사장의 모습을 떠올리게 하지 않는가? 마치 희극처

* Georges Bataille, L'Érotisme, in Œuvres Complètes tome X, Paris : Gallimard, 1987, p.27.

럼 꾸민 변태적인 성행위에 아무것도 모른 채 끌어들여진, 그럼에도 불구하고 사랑하는 사람에게서 폭력적으로 내팽개쳐진 가련한 희생자 크세니. 그녀는 트로프만이 그녀에게 보였던 광기에 전염된 것처럼 자기가 당했던 폭력을 이번에는 미셸에게 휘두르고, 그를 죽음으로까지 내몰아 결국 미셸을 최종적 희생물로 만들기에 이른다. 막상 이 모든 사건을 자초한 트로프만은 잔인하게도 "죽은 것은 내가 아니고 미셸이라는 생각을 벌써부터 하고 있었다."(208쪽) 마침내 희생자가 발생하고, 트로프만은 이제 도로테아라고 불리게 된 디르티를, 신성을 자기 곁에 되찾아 함께 머문다.

2

세 공간 : 파리, 바르셀로나, 트리어

프랑스 파리, 타락과 불안

런던에서의 통음난무를 그린 '서장'과 마치 환각 상태에서의 독백처럼 이어지는 1부를 지나 본격적인 서사가 펼쳐지는 2부의 공간적 배경은 파리다. 가장 먼저 등장하는 대화 주제는 트로프만과 부인 에디트의 불화인데, 이는 바타유의 개인사가 드러난 대목이기도 하다. 바타유는 이 소설을 쓰던 1934년에 콜레트 페뇨와 처음 관계를 맺기 시작하고, 그해 말부터 첫 번째 부인이었던 실비아 바타유*와 별거에 들어간다. 주인공 트로프만은 한편으로는 난잡한 선술집들을 전전하며 "여기저기서 술을 마시고 정처 없이 걷다가 택시를 타고 집에 돌아"(66쪽)가는 방탕한 생활을 하고, 다른 한편으로는 라자르와 함께 계급투쟁과 혁명을 논하는 믈루 씨를 만나 대화를 나누다가 정치적 현실에 대한 절망을 느끼기도 한다. 이처럼 파리는 서로 잘 어울리지 않는 이질적 세계들 사이에 끼어 있는, 달리 말하면 어느 세계에도 완전히 속하지 못하고 늘 경계에 머물러 있는 주인공이 느끼는 '불안'의 공간으로 형상화된다. 타바랭 술집에서 댄서들을 바라보며 "우스꽝스러운 상황에서 의자에 앉아

* 실비아 바타유는 1946년에 바타유와 정식으로 이혼하고, 후에 정신분석학자 자크 라캉(Jacques Lacan)의 부인이 된다. 소설에 등장하는 에디트라는 이름은 영화배우였던 실비아 바타유가 장 르누아르(Jean Renoir) 감독의 영화 〈랑주 씨의 범죄(Le crime de M. Lange)〉(1936)에서 맡았던 역할 이름이기도 하다.

불안한 균형을 유지하고 있는 내 존재"(70쪽)에 조소를 보내는 트로프만의 모습은 이처럼 꾸역꾸역 이어나가고 있는 파리 생활의 결정적 한 단면이다. 그가 느끼던 불안은 그가 병상에 누워 꾸는 꿈속과 착란 상태에서 극대화되고, 마침내 그를 이성과 광기, 삶과 죽음의 경계에까지 내몬다.

스페인 바르셀로나, 혁명과 폭발

2부 3장에서, 아무 일 없었다는 듯 병에서 회복한 트로프만은 스페인 바르셀로나로 향하는데, 바타유 역시 실제로 1934년 여름에 화가 앙드레 마송—바타유는 이 소설을 마송에게 바친다고 작품 첫머리에 밝혀놓았다—이 정착해 있던 스페인의 작은 어촌 마을 토사 데 마르에서 머물렀다. 작품에서 스페인은 혁명이 발발하는 곳, 동시에 트로프만이 얽어놓은 연인들 사이의 애정과 증오의 감정이 한꺼번에 폭발하는 곳으로 나타난다. 그중 절정은, 스페인의 총파업이 내전으로 본격화되어 거리에서는 총격 소리가 울려퍼지는 가운데, 호텔에 갇힌 채 겁에 질리고 분노에 찬 크세니가 트로프만과 함께 있고 싶어 찾아오지만, 막상 그는 벌거벗은 도로테아가 지켜보는 앞에서 크세니를 내던져버리는 장면이다. 이 장면에서 모든 등장인물은 '짐승' 처럼 이성을 잃고 흥분해 있는 것으로 묘사되어 있다. 트로프만은 파리에서 불안에 짓눌려 꾸었던 악몽에서 도망치다시피 이곳으로 왔지만, 자기의 "두 눈으로 직접 목격하고 싶"었던 혁명 역시 "떨쳐버렸다고 믿었던 악몽의 일부"(143-144쪽)였다고 토로한다.

독일 트리어, 전쟁과 이별

바타유의 전기에서 트리어와 코블렌츠, 프랑크푸르트로의 여행은 로르가 아니라 그 당시 만나던 수많은 다른 여성 중 이름이 에디트인 여성과 다녀온 것으로 알려져 있다. 그중 트리어는 마르크스의 고향이기에 바타유는 주인공의 입을 통해 그 이름이 작품 속에 언급되도록 한다. "나는 어린 카를 마르크스를, 그가 나중에 성인이 되어 기른 수염을 생각했다. 지금은 런던 근처의 땅속에 묻혀 있는 마르크스 역시 어린 소년이었을 때는 트리어의 인적 없는 거리를 뛰어다녔으리라."(215-216쪽)

사회주의와 공산주의를 태동시킨 장본인의 고향에서 프랑크푸르트로 이동한 그는 이번에는 그곳에서 정반대의 물결을, 즉 나치즘에 휩쓸리고 있는 독일과 그것이 일으킬 전쟁의 전조들을 발견한다. 스페인에서는 '혁명'의 한가운데 있었다면, 독일에서는 '전쟁'을 예감하고 있는 것이다. 소설의 말미에서 주인공 화자는 "죽음을 만나고 싶은 욕망에 홀린, 언젠가 태양 아래 웃으며 전진하게 될 끝없는 벌판의 환각에 사로잡힌 아이들을 멀지 않은 곳에서"(225쪽) 지켜보고 있다. 요컨대 트로프만의 여정은 단지 소설 속에서 이야기를 전개시키기 위한 장치로써의 공간 이동일 뿐만 아니라, 작가 바타유의 눈에 비친 양차 세계대전 사이 유럽 풍경의 파노라마라 할 수 있다.

3

세 하늘 : 회색빛 하늘, 별이 빛나는 밤하늘, 그리고 하늘의 푸른빛

죽음이 덮쳐오는 하늘의 회색빛

크세니를 희생물 삼아 자신의 시간 욕구를 충족하려고 일종의 변태적 연극을 시도할 때, 병 때문에 죽음의 위협마저 느끼고 있던 트로프만의 읊조림 속 하늘은 구름에 빛이 가려진 회색빛이다.

크세니는 내 옆에 누웠다……. 그때 그녀는 죽은 사람의 모습을 하고 있었다……. 벌거벗고 있었다……. 젖가슴은 창녀의 그것처럼 핏기가 없었다……. 검댕투성이의 구름이 하늘을 더럽히고 있었다……. 구름은 내게서 하늘과 빛을 훔쳐갔다…….(126쪽)

독일 트리어에서도 회색빛 하늘이 언급된다. 주인공은 히틀러 소년 친위대가 지나가는 모습을 보면서, 수많은 인간들을 죽음으로 몰아넣게 될 전쟁이 다가오고 있음을 느낀다. 이때의 하늘은 음산하고 "광대한 회색빛"(210쪽)을 띠고 있다. 그는 쇠약해진 도로테아 역시 어쩌면 곧 죽게 될지도 모른다고 생각한다. "그녀는 여전히 아름다웠지만, 그럼에도 불구하고 그녀의 얼굴은 그 더러운 빛 속으로, 하늘의 회색빛 속으로 사라져가고 있었다."(211쪽) 이처럼 회색빛 하늘은 두려워서 피하고 싶은 죽음이 다가오고 있음을 예고한다.

에로틱한 체험의 순간, 밤하늘의 별빛

하지만 죽음이 언제나 혐오스럽고 음산한 존재로만 나타나지는 않는다. 라자르에게도 고백했다시피 디르티 앞에서 늘 성적性的으로 무력했고 그녀를 만족시키지 못했던 트로프만은, 트리어의 공동묘지에서 드디어 디르티와 합일을 이룬다. 그들이 사랑을 나누는 공간은 땅속에 묻힌 시체들 위, 그리고 묘비들을 밝힌 촛불들 사이에서이다.

> 이상하게 그 빈 공간은 우리 머리 위의 별이 총총한 하늘만큼이나 무한해 보였다. 무수히 많은 작은 빛들이 바람에 흔들리면서 어둠 속에서 소리 없는 축제를 벌이고 있었다. 별들, 촛불들은 땅 위에서 수백 개씩 불타오르고 있었다. 땅 위에는 환하게 밝혀진 묘비들이 일렬로 늘어서 있었다.(212쪽)

여기서 작가 바타유는 별빛과 촛불의 이미지를 연결시키면서 그 빛들이 '축제'를 벌인다고 말한다. 머리 위 하늘에는 별이 떠 있고, 촛불들은 발아래 지하에 누군가가 죽어서 묻혀 있다는 사실을 알려주고 있다. 시체를 볼 때에만 욕정이 생기는 변태적 성벽 때문에 이제껏 연인과 사랑을 나눌 수 없었던 주인공은, 아무것도 없는 비어 있는 공간에서 죽음이 발사하는 빛들을 축제로 받아들이게 된 순간에서야 비로소 서로의 욕망을 충족할 수 있게 된다. 그리고 이렇게 황홀경을 체험하게 된 순간을 트로프만은 뒤이어 이렇게 말한다. "우리는 별이 뜬 묘지 위에서 사랑을 나누며 마비되었다."(213쪽) 이 순간의 체험이야말로 어쩌면 바타유 사유를 꿰뚫는 핵심 개념이자 가장 유명한 저서 중 하나의 제목이기도 한 '내적 체험expérience intérieure'을 가리키는 것이라 할 수 있다. 바타유는 자신만의 고유한 '체험'의 의미를 "인간으로서 모든 가능의 끝까지 가는 여행"* 이라 천명한다. 이성을 지닌 존재로 규정되는 인간으로서 지닌 모든 가능성의 극단까지 가보려고 했다. 그래서 그는 한편으로는 이성과 광기의 경계를 탐색하고, 금지된 것을 끝없이 위반

* Georges Bataille, L'Expérience intérieure, in Œuvres complètes tome V, Paris : Gallimard, 1973, p.19.

함으로써 악의 바닥을 들여다보려 하고, 또 다른 한편으로는 헤겔의 변증법적 사유를 따라 인간의 사유와 앎의 정점에 이르러 그 너머를 엿보려 하기도 했다. 다시 말해 그는 인간의 합리성, 모든 지식, 심지어 전지전능한 신에 대한 종교적 믿음까지도 넘어서고자 했다. 하지만 만일 그러한 지점, 상태, 혹은 순간이 있다면 그것은 애초에 인간이 지닌 인식 능력으로 파악할 수 없고 어떠한 언어로도 표현할 수 없이 홀로 내밀하게 느낄 수밖에 없는 무엇일 것이다. 그처럼 잡히지도 정의내릴 수도 없는, 대상과 분리된 주체로서의 인간 의식이 지워지는 어느 지점, 상태, 혹은 순간에 대해 말하기 위해 바타유는 '내적 체험'이라는 단어를 사용한다. 그런데 유한한 존재인 인간에게 있어 그에게 주어진 모든 가능성의 끝에 놓인 것은 결국 죽음이 아닐까? 우리는 가령 세상의 모든 지식을 습득하든, 미쳐버리든, 타락의 끝에 병에 들든지 간에, 그 모든 일들에 대해서는 어떻게든 직접 겪거나 말하거나 최소한 상상할 수라도 있다. 하지만 죽음의 순간이나 죽음 이후의 일들에 대해서는, 아직 살아 있는 인간인 한 절대로 알 수 없지 않은가? 바타유가 에로티슴과 황홀경—종교적 황홀경도 포함하는 의미에서—에 대해 강조하는 이유는, 이러한 순간 속에서 주체가 주체로서의 자기의식을 잃어버리고 대상이나 타인을 더는 구분하지 않고 일체를 이루는 체험을 할 수 있기 때문이다. 바타유는 이러한 체험을 통해 어쩌면 죽음이라는 궁극적 '불가능'을 살아있는 동안에 유사하게라도 느낄 수 있을 것이라고 믿는다. 그래서 그는 에로티슴을 "죽음 속에서까지 삶을 긍정하기"* 라고 말한다. 별이 빛나는 밤하늘 아래, 무덤가의 시체들 위에서 격렬하게 성행위를 벌이는 트로프만과 디르티는 바타유가 말하는 에로티슴의 정수를 가장 잘 표상하고 있다고 해도 과언이 아닐 것이다.

눈부신 태양이 빛나는 하늘의 푸른빛

이처럼 트로프만의 이야기는 하늘의 별빛 아래에서 사랑하는 연인과 합일하고 언제 찾아올지 모를 죽음마저도 받아들이는 것으로 맺어지는 듯하다. 그런데 소설의 제목은 '하늘의 푸

* L'Érotisme, op.cit., p.17.

른빛'이다.** 바타유는 왜 푸른빛을 내세운 것일까?

하늘이 푸른빛인 때는 밤도 아니고 흐린 날도 아닌, 오직 태양이 환히 빛나고 있을 때다. 태양이 의미하는 바는 바타유의 문학작품뿐 아니라 이론 저작을 이해함에 있어서도 핵심적 지위를 차지한다. 모스의 《증여론》을 읽고 깊은 영향을 받은 바타유는, 자신의 경제학적 고찰을 담은 《저주의 몫La Part maudite》을 비롯한 그의 사회-경제학적 저서에서, 인간 경제 활동을 가능케 하는 에너지의 근원은 태양이라고 지목한다. 그는 태양이 지구에 무한한 에너지를 제공하는 한 인간의 경제 활동은 '잉여'를 발생시킬 수밖에 없다고 말하며, 그 잉여분을 소모하는 다양한 방식을 통해 인간 경제 활동의 역사를 일별한다. 그에게 있어 태양은 이처럼 모든 인간 활동의 근원이며 강력한 존재이지만, 동시에 똑바로 쳐다볼 수 없고 손닿을 수 없는 존재를 상징하기도 한다. 태양은 곧 그가 그리던 '주권자'의 모습

** 바타유는 1934년 화가 앙드레 마송과 스페인에서 머물 때 〈하늘의 푸른빛〉이라는 짧은 글을 쓴 바 있다. 이 글은 《내적 체험》에 실려 있는데, 여기서 바타유는 노동을 하느라 "땅에 고개를 처박고"(Ibid., p.94) 하늘을 쳐다보지 못하는 노예와도 같은 인간 조건에 대해 환기한다. 한편, 소설의 1부에 등장한 "뱅뱅 돌며 춤을 추고 있는 두 동성애자 노인", 그리고 마치 《돈 후안》에서 주인공이 그랬던 것처럼 저녁식사에 초대한 기사의 존재에 대해서도 이 글에 다시 언급되어 있다.

그 자체다. 어쩌면 작가이자 철학자로서의 바타유의 글쓰기의 근원에는 "스스로 태양이 되고자 하는 열망"* 이 있었는지도 모른다. 작품에서 역시 태양을 향한 주인공 화자의 열망이 드러나는 부분들이 종종 발견된다.

> 어렸을 때 나는 태양을 좋아했다. 두 눈을 감으면 눈꺼풀 너머의 태양은 붉은색이었다. 태양은 무시무시했고, 폭발할 것 같았다. 태양이 폭발하여 생명을 죽이는 것처럼, 아스팔트 위로 흘러내리는 붉은 피보다 더 태양다운 것이 있을까? 그 짙은 어둠 속에서 나는 빛에 취하고 말았다. (…) 내 두 눈은 실제로 머리 위에서 반짝이는 별 속으로가 아니라 정오의 하늘의 푸른빛 속으로 잠겨들었다. 나는 그 찬란한 푸른빛 속에 몰입하려고 눈을 감았다. (…) 눈을 떠보니 머리 위로 별이 다시 보였지만 나는 태양에 미쳐 있었다. 웃고 싶었다.(157-158쪽)

나는 자기가 뭘 원하는지도 모르는 어린아이를 닮는 대신에 그

* Louette, 《Introduction》, Romans et récits, op.cit., p. LXXXVII.

부랑아처럼 소름 끼치는 생김새를, 태양 같은 생김새를 갖고 싶었다.(185-186쪽)

눈부시게 빛나지만 동시에 눈을 멀게 하여 영원히 어둠 속에 잠기게 할 수도 있는 존재로서의 태양. 태양이 있을 때만이 하늘은 푸른빛을 띨 수 있지만, 이 빛은 동시에 태양이 사라졌을 때의 어둠, 너무 눈부셔 눈을 감았을 때의 어둠을 그 이면에 함축한다. 그러한 어둠을 두려워하지 않고 죽음을 감수하는 자만이 진정으로 '웃을' 수 있고, 그런 자의 머리 위에는 태양이 불타오르는 푸른 하늘이 펼쳐져 있다. 여기에서 '웃음' 역시 《하늘의 푸른빛》을 관통하는 핵심 주제이다. 바타유는 한 강연에서 자신이 생각하는 웃음이란, "안정되고 질서 정연한 세계에 속해 있던 인간이 불현듯 매우 갑작스럽게 그 세계의 질서에 대한 확신이 기만적이었다는 것을 깨닫고 나서 그러한 확신이 전복된 새로운 세계로 이행"**하는 체험이라고 말한다. 소설의 결말부, 프랑크푸르트에서 디르티와 헤어지고 나서 기차를 타

** Georges Bataille, 《Le non-savoir, rire et larmes》, in Œuvres complètes tome VIII, Paris : Gallimard, 1976, p.216.

기 위해 역으로 다시 들어서기 직전, 트로프만은 현기증이 날 정도로 크게 웃는다. 거대한 전쟁이 다가오고 있는 폭풍 전야의 유럽 어느 기차역에서 발작이라도 일으킬 것처럼 내면의 동요를 체험한 그가 탄 열차는 이제 모든 것이 전복된 새로운, 알 수 없는 세계를 향해 "지체 없이 출발했다."(225쪽)

***

《하늘의 푸른빛》을 죽음을 사랑하기로 한 자의 이야기로 요약해볼 수 있을까. 마찬가지로 죽음을 피하지 않고 긍정하고 사랑하자는 것으로 바타유의 사유를 요약해볼 수 있을까. 그렇다면 시체에게 성욕을 느끼는 시간증은 어쩌면 이러한 그의 철학을 가장 변태적이고 위반적인 방식으로 함축하는 장치라 할 수 있을 것이다. 트로프만은 라자르에게 자신의 시체 성애에 대해 고백한다.

"어느 노파가 죽은 아파트에서 하룻밤을 보낸 적은 한 번 있었죠. 다른 사람들처럼 그 할머니도 침대 양쪽에다 초 하나씩 켜놓고 그 사이에 누워 있었는데, 손을 모으지 않고 양쪽 허리에 가지런히 붙이고 있었어요. 그 방에는 밤새 아무도 없었죠. 그때 나는 깨달았어요."

"어떻게요?"

"새벽 3시쯤 잠에서 깼어요. 시체가 있는 방으로 가야 되겠다는 생각을 했죠. 겁이 나서 벌벌 떨면서도 시체 앞에 서 있었어요. 마침내 난 잠옷을 벗었죠."

"도대체 어디까지 시도해본 거예요?"

"난 꼼짝도 하지 않았어요. 정신을 잃을 만큼 극도로 흥분해 있었죠. 나는 그냥 그렇게 쳐다보고만 있었어요."(57-58쪽)

그리고 얼마 뒤 주인공 화자는 그때의 그 노파가 자기 어머니를 가리키는 것임을 이번에는 크세니에게 고백하게 된다. 그리하여 우리는 2부 2장의 제목인 '어머니의 발'이 사실은 이제 죽어서 시체가 된 사랑하던 여인으로서의 어머니의 발을 의미한다고 추측할 수 있을 텐데, 그렇다면 여기에서 세 가지 주제를 끌어내볼 수 있겠다. 시간증, 어머니와의 근친상간적 사랑, 그리고 발에 대한 성도착증.

우선, 바타유는 인간의 신체 부위 중 '발'에 대해 애착을 보인다. 그런데 이것은 반드시 성적인 의미 때문에, 즉 소위 '발 페티쉬'가 있어서 그런 것이라기보다는, 발이야 말로 인간의 신체 중 가장 인간적인 부분이라고 여기기 때문이다. 그는 젊은 시절에 자신이 주도하여 창간했던 잡지 〈도퀴망Documents〉에 〈엄지발가락Le gros orteil〉이라는 글을 기고하였다. 이 글의 첫 문장은 이렇다. "엄지발가락이야 말로 인간의 신체 중 가장 '인간적인' 부위이다." 그에 따르면, 인간의 발은 그 존재를 직립 보행할 수 있게 만든, 즉 그 존재에 인간다움을 부여한 가장 중요한 부분이지만, 이제 하늘 쪽으로 높이 올라간 인간의 머리는 자기의 발을 보며 진흙 속에 빠져 있어 더럽다 여기고 있다는 것이다.*

소설을 영화화한 크리스토프 오노레Christophe Honoré 감독의 작품 〈내 어머니〉(2005)에 감독의 상상력이 보태져 구체적으로 형상화되어 있다. 본래 이 소설은 바타유의 생전에 완성되어 출판되지 못해 미완으로 남아 있는 작품이고, 따라서 영화의 결말 부분은 감독이 자기 나름의 해석으로 상상하여 각색하고 연출한 것이다. 이 영화의 마지막 장면은, 비록 바타유가 직접 묘사한 장면은 아니지만 《하늘의 푸른빛》과의 연장선상에서 의미를 새겨볼 수 있는 대목임에는 틀림없다. 감독은 아마도 트로프만이 라자르와 크세니에게 토막토막 고백했던 불편한 진실을 현대적으로 재해석하여 영상으로 옮겨보려는 시도를 했던 듯하다. 문제의 장면을 설명하자면 이렇다. 주인공 피에르(루이 가렐)와 그의 어머니 엘렌(이자벨 위페르)은 유사 성행위를 벌인다. 그러던 중 엘렌은 자살을 감행한다. 다음 날 아침 들것에 실려나가는 그녀의 시체는 하얀 천으로 덮여 있지만 두 발만은 천 밖으로 비죽이 튀어나와 있다. 피에르는 어머니의 시체가 안치된 방을 찾아간다. 멍하니 주검을 바라보던 그는

* Georges Bataille, 《Le gros orteil》, in Œuvres complètes tome I, Paris : Gallimard, 1970, p.200. 이와 관련하여 바타유의 전기를 쓴 미셸 쉬리야(Michel Surya)가 언급하는 다음의 일화 역시 소개할 수 있겠다. 쉬리야에 따르면, 바타유는 나치 점령기에 전투 중 폭격을 맞고 추락한 비행기에 타고 있던 죽은 독일 병사의 발, 그을리고 망가진 군화 아래로 삐져나온 발을 보게 된다. 죽음이 모든 부분을 알아볼 수 없이 파괴했지만 시체의 발만은 그것이 본래 살아있는 인간의 것이었음을 알게 해주었다는 점에서 바타유는 전율을 느꼈다. 쉬리야는 이 일화를 통해 마담 에드와르다가 스스로를 신이라고 선언하며 주인공 화자의 눈앞에 보여주는 여성의 성기와 시체의 발이라는 주제를 다시 한 번 연결한다. (Michel Surya, La Mort à l'œuvre, Paris : Éditions Garamont – Frédéric Birr, 1987, pp.325-326) 이처럼 죽은 어머니의 발은, 여성의 몸과 시체의 발의 이미지를 경유하면서 에로티슴, 죽음, 신성 등 바타유의 핵심 주제를 관통하는 상징으로 이해될 수 있다.

곧 이어지는 장면에서 시체 옆에 바지를 내리고 주저앉아 눈이 뒤집힌 채 자위를 하고 있다. 시체 관리자가 경악하며 주인공을 쫓아내려 할 때 영화는 갑자기 끝난다.

아무짝에도 쓸모없는 변태성애자 난봉꾼 '잉여 인간' 트로프만이 유일하게 하는 일이 있다면 그것은 글을 쓰는 일이라고 위에서 언급하였다. 트로프만은 사랑하는 연인 디르티가 떠난 날 "잉크 주머니가 내 머릿속에서 터지는 것 같았"다고, 그리고 "바로 그날 내가 죽게 되리라 확신했다"(63쪽)고 고백한다. 이별의 체험과 죽음에 대한 생각은 마치 피를 뿜어내듯 머릿속 잉크를 터뜨리는데, 여기에서 잉크는 곧 글을 쓰고자 하는 욕망이 촉발되었음을 암시한다. 그렇게 트로프만은 글쓰기를 시작하려 한다. 최소한 자신의 체험을 누군가에게 이야기하고 소통하고자 한다.

이렇게 타락한 인물이긴 하지만, 다시 한 번 강조하자면 트로프만은 죽음을 사랑하려 했던 사람이다. 그 인물을 작가 바타유 역시 자신의 글쓰기를 통해 그려내고 있다. 바타유 역시 트로프만과 똑같이 죽음과 에로틱하게 결합하려는, 그리고 그 체험을 독자들과 공유하려는 욕망을 안고 이 소설을 쓰고 있었던 것이 아닐까. 이 소설을 읽고 있던 순간은 우리 각자에게 어떠한 '체험'으로 새겨지게 될까.

◆ 차지연

서울대학교 인문대학 불어불문학과와 동 대학원을 졸업하고, 프랑스 파리7대학에서 바타유 논문으로 박사 학위를 받았다.

Le Bleu du ciel

작가 연보

1897년	9월 10일 프랑스 남부 오베르뉴 지방 퓌드돔의 비용에서 출생. 아버지는 매독 환자에 장님이었다.
1901년	가족이 프랑스 북부의 도시 랭스로 이주한다.
1914년	가족의 비종교성과 결별하고 가톨릭 신자가 된다. 제1차 세계대전이 발발하자, 아버지를 가정부에게 맡기고 어머니와 함께 랭스를 떠난다. 후에 바타유는 이에 대해 아버지를 유기한 것이라고 밝혔다. "어머니와 나는 독일군이 진군해오자 8월 14일 그를 버렸다."
1915년	성직자 혹은 수도사가 될 것을 꿈꾼다. 극심한 우울증을 앓던 어머니는 정신착란을 일으켜 자살을 기도하고, 아버지는 랭스에서 홀로 고독 속에 사망한다. 후에 바타유는 이에 대해 다음과 같이 썼다. "죽어가는 아버지의 불안에 대해 관심을 갖는 사람은 지상에도, 천상에도 없었다."
1916년	전쟁에 동원되었으나, 폐결핵으로 제대한다.
1917년	캉탈의 생플루르 신학교에 입학, 사제가 되기 위해 신학을 공부한다.
1918년	여섯 페이지 분량의 〈랭스의 노트르담Notre-Dame de

Reims〉이라는 소책자를 처음 자기 이름으로 발표한다. 파리 국립고문서학교에 입학하며, 파리에 정착한다.

1920년 영국 런던을 여행하던 중 앙리 베르그송의 《웃음Le Rire》을 접하고, 종교보다 육체가 더 본질적임을 깨닫고, 신앙에 대해 흔들리기 시작한다.

1922년 신앙과 완전히 결별한다. 국립고문서학교를 졸업하고, 마드리드로 여행을 떠난다. 마드리드 투우장에서 젊은 투우사 마뉘엘 그라네로가 눈과 두개골에 뿔이 박혀 죽는 끔찍한 장면을 목격한다(《눈 이야기》 중 〈그라네로의 눈〉). 여기서 바타유는 폭력과 공포가 더없는 쾌감일 수 있음을 경험한다.

1923년 레옹 체스토프의 권유로 니체의 글을 접하며, 니체의 세계에 심취한다.

1924년 초현실주의 작가 미셸 레리스와 화가 앙드레 마송을 만난다.

1925년 초현실주의 작가들과 로트레아몽의 작품을 읽으며 토론한다. 초현실주의 작가들과 친분을 유지하지만, 진영의 일원이 되지는 않는다. 이 시기에 바타유는 헤겔의 저서

들을 읽기 시작한다. 알프레드 메트로로부터 마르셀 모스를 알게 되고, 이후 마르셀 모스의 세계에 입문한다.

1926년 보렐 박사에게 정신분석을 받기 시작한다. 바타유는 일년 동안 진행된 정신분석 덕분에 글을 쓸 수 있게 되었다고 말한다. 그의 '최초'의 작품인(처음으로 언급한) 〈W.C.〉를 쓴다. 그러나 '광인의 문학이라고 할 수 있는' '온갖 위엄에 대해 난폭할 정도로 적대적인' '나의 방탕함이 아닌 나에 대한 공포인' 이 원고를 파기시켜 불태워 버린다.* 예술·고고학 계간지인 〈아레튀즈Aréthuse〉에 참여한다.

1927년 《눈 이야기》 집필을 시작한다. 정치이론가이자 초현실주의 작가인 앙드레 티리옹을 알게 된다.

1928년 실비아 마클레**와 결혼한다. 《눈 이야기》를 마무리짓고 '로드 오슈'라는 필명으로 출간한다.

1929년 조르주 앙리 리비에르와 함께 잡지 〈도퀴망Documents〉

* 〈디르티〉 장은 뒤에 《하늘의 푸른빛》에 다시 쓰이게 된다.

** 장 르누아르의 영화 〈들놀이〉에 주인공으로 출연한 영화배우.

을 창간하여 편집장으로 일하며 여러 글을 기고한다. 〈도퀴망〉을 통해 초현실주의 진영의 수장인 브르통을 비난하며, 초현실주의자들과 첨예하게 대립한다.

1930년 로베르 데스노스와 함께 〈시체Un Cadavre〉라는 집단 팸플릿을 발표한다. 여기에는 브르통을 '느림보의 영혼', 자크 프레베르를 '그리스도의 머리를 가진 프레골리'*, 비트락을 '사기꾼', 레리스를 '시체를 먹고 사는 자', 리브몽 데세를 '밀고자'로 적고 있다. 이렇게 바타유는 브르통과 완전한 적대 관계에 돌입하며, 공개적인 방식으로 논쟁을 계속한다.

1931년 《태양의 항문L'Anus solaire》이 출간된다. 〈도퀴망〉이 폐간되고, 보리스 수바린이 편집장으로 있는 공산주의 진영의 잡지 〈사회비평La Critique sociale〉에 글을 기고한다.

1932년 레이몽 크노와 함께 〈사회비평〉에 〈헤겔 변증법의 기초에 대한 비판Critique des fondements de la dialectique hégélienne〉을 기고한다.

* 당시 유명했던 이탈리아 배우. 다양한 역을 능숙하게 소화하는 희극적 재능으로 전세계에 이름을 떨쳤다.

1933년 모스의 《증여론Essai sur le don》에 영향을 받아 쓴 〈소비의 개념La notion de dépense〉을 〈사회비평〉에 기고한다. 또 파시즘에 대한 투쟁의 일환으로 〈파시즘의 심리 구조La structure pstchologique du facisme〉를 〈사회비평〉에 발표한다.

1934년 아내 실비아 마클레와 헤어지고, 문란한 생활을 영위한다. 《하늘의 푸른빛》에서 술판과 밤샘과 섹스의 힘을 빌려 죽음에 맞닿게 될 때까지 자신을 소비하는 트로프만은 바타유 자신일지도 모른다. 보리스 수바린의 애인 콜레트 페뇨를 만나 사랑에 빠진다. 루이 트랑트라는 필명으로 《아이Le Petit》를 출간한다.

1935년 반파시즘 혁명투쟁 조직인 '반격Contre-Attaque'을 창설한다. '반격'의 창설을 위해 브르통과 일시적으로 화해하지만, 이내 격심한 내부 분열에 시달린다. 《하늘의 푸른빛》을 탈고하나, 출간은 나중으로 미룬다.

1936년 잡지 〈무두인Acéphhale〉을 창간하고, '반격'을 해체한다. 앙드레 마송의 에칭 작품 다섯 장을 실은 《희생제의Sacrifices》를 출간한다.

1937년 사회에 존재하는 신성을 탐구하기 위해 로제 카이유아, 미셸 레리스와 함께 '신성사회학회Le Collège de sociologie sacrée'를 창설한다.

1940년 〈죄인Le Coupable〉의 집필을 시작한다. 모리스 블랑쇼를 알게 되고 돈독한 관계를 유지한다.

1942년 폐결핵이 재발하여 악화되면서 국립도서관 사서직을 그만둔다.

1943년 최초로 조르주 바타유라는 실명으로 《내적 체험L'Expérience intérieure》을 출간한다. 파리를 떠나 베즐레에서 디안 보아르네를 만나 연인이 된다.

1944년 《죄인》《대천사L'Archangélique》를 출간한다.

1945년 사르트르가 〈새로운 신비주의Un nouveau mystique〉라는 글에서 바타유의 《내적 체험》을 비판한 것에 대한 답으로, 바타유는 《니체론Sur Nietzsche》을 출간한다.

1946년 문학평론지 〈크리티크Critique〉를 창간한다.

1947년 《할렐루야L'Alleluiah》《명상의 방법》《쥐 이야기Histoire de rats》《시의 증오Haine de la poésie》를 출간한다.

1948년 《종교의 이론Théorie de la religion》을 출간하고, 그 외에도

많은 글을 잡지에 기고한다.

1949년 《에포닌Eponine》과 바타유의 가장 탁월하고 대표적인 저서로 평가되는 《저주의 몫La Part maudite》을 출간한다.

1950년 《C 신부L'Abbé C》를 출간한다. 사드의 《쥐스틴 혹은 미덕의 불행Justine ou les malheurs de la vertu》의 서문을 쓴다.

1955년 《선사시대의 미술, 라스코 혹은 예술의 탄생La Peinture pre-historique: Lascaux ou la Naissance de l'art》과 《마네Manet》를 출간한다.

1957년 《하늘의 푸른빛》《문학과 악La Litterature et le mal》《에로티슴L'Erotisme》을 출간한다.

1959년 《질 드 레 재판Le Procès de Gilles de Rais》을 출간한다.

1961년 마지막 저술 《에로스의 눈물Les Larmes d'Eros》을 출간한다.

1962년 《시의 증오》를 '불가능L'Impossible'이란 제목으로 다시 출간한다. 7월 8일 오전에 파리에서 사망한다. 베즐레의 작은 묘지에 묻힌다. 이름과 생몰연도만 새겨진 수수한 비석이 세워진다.

1966–1967년 《나의 어머니Ma Mère》와 《시체Le Mort》가 사후 간행된다.

1970년 갈리마르 출판사에서 미셸 푸코의 서문이 실린 바타유의 《전집Oeuvres complètes》 1권이 출간된다.

1988년 마지막 12권의 간행으로 《전집》이 완간된다.

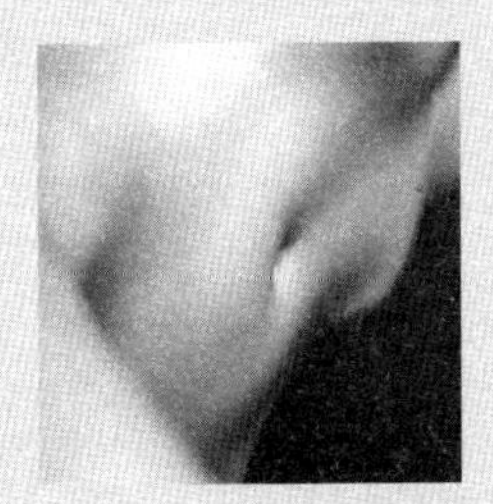

LE BLEU DU CIEL

옮긴이 이재형

한국외국어대학교 프랑스어과 박사과정을 수료하고 한국외국어대학교, 강원대학교, 상명대학교 강사를 지냈다. 지금은 프랑스에 머무르면서 프랑스어 전문 번역가로 일하고 있다.《프랑스 유언》《어느 하녀의 일기》《레이스 뜨는 여자》《꾸뻬 씨의 시간 여행》《밤의 노예》《마르셀의 여름》《황새》《신혼여행》 등의 소설을 비롯해《세상의 용도》《나는 걷는다 끝.》 등의 여행서와《프로이트, 그의 생애와 사상》《사회계약론》《걷기, 두 발로 사유하는 철학》 같은 인문서 등 다양한 분야의 책을 우리말로 옮겼다.

하늘의 푸른빛

1판 1쇄 인쇄 2017년 3월 20일 **1판 1쇄 발행** 2017년 3월 30일

지은이 조르주 바타유 **옮긴이** 이재형
펴낸이 김강유
편집 장선정
디자인 이은혜

발행처 김영사
주소 경기도 파주시 문발로 197(문발동) 우편번호 10881
등록 1979년 5월 17일(제406-2003-036호)
구입문의 전화 031)955-3200 **팩스** 031)955-3111
편집부 전화 02)3668-3295 **팩스** 02)745-4827 **전자우편** literature@gimmyoung.com
비채 카페 http://cafe.naver.com/vichebooks
트위터 @vichebook **페이스북** www.facebook.com/vichebook

ISBN 978-89-349-7605-9 04860 책값은 뒤표지에 있습니다.

이 도서의 국립중앙도서관 출판시도서목록(CIP)은 서지정보유통지원시스템 홈페이지(http://seoji.nl.go.kr)와 국가자료공동목록시스템(http://www.nl.go.kr/kolisnet)에서 이용하실 수 있습니다.
(CIP제어번호: CIP2017006152)

비채는 김영사의 문학 브랜드입니다.